悠悠长日

曾莹 著

杭州 浙江工商大学出版社
ZHEJIANG GONGSHANG UNIVERSITY PRESS

图书在版编目(CIP)数据

悠悠长日 / 曾莹著. —— 杭州：浙江工商大学出版
社，2019.1
　ISBN 978-7-5178-3136-5

　Ⅰ. ①悠… Ⅱ. ①曾… Ⅲ. ①中国文学－当代文学－
作品综合集　Ⅳ. ①I217.2

中国版本图书馆CIP数据核字(2019)第017000号

悠悠长日
YOUYOUCHANGRI
曾　莹著

责任编辑	王黎明
装帧设计	曾　莹
封面设计	林朦朦　曾　莹
责任印制	包建辉
出版发行	浙江工商大学出版社
	（杭州市教工路198号　邮政编码310012）
	（E-mail: zjgsupress@163.com）
	（网址: http://www.zjgsupress.com）
	电话: 0571-88904980, 88831806 (传真)
排　　版	杭州彩地电脑图文有限公司
印　　刷	杭州宏雅印刷有限公司
开　　本	880mm×1230mm　1/32
印　　张	9.5
字　　数	246千
版 印 次	2019年1月第1版　2019年1月第1次印刷
书　　号	ISBN 978-7-5178-3136-5
定　　价	49.00元

谨以此书，献给我亲爱的父母。

爱在左，光阴在右

与往年相比，今年的秋天显得很漫长，且伴有季节之外的另一种丰满。

整个南方似乎没下过雨，气温始终保持在某种恒值上。杭州的桂花与芙蓉，杭州的蓝天与白云，都在强调这个秋天的纯粹与恬淡。这些日子里，我几乎没离开过杭州，也没有额外的写作任务。除了处理杂志社的事，我基本上在书房看书，看窗外的银杏与枫树一天一天变红。偶有无名鸟从窗外一闪而过，丢下一两句诗歌般的鸟语。

我不知道这算不算虚度光阴，如果是的话，这种虚度也许是必要的。不管怎么说，这个秋天我读了几十本书，其中一本，便是曾莹的书稿《悠悠长日》。

2

身为大画家曾宓的独生女，曾莹身上没有名门后裔的骄气与优越感。

有的却是真挚的爱，

与善良。

3

《悠悠长日》是一本告诉我们怎么去爱的书。

曾莹提供的文本里，没有华丽的辞藻，也没有丝毫隐喻的成分，正因为她的具体与本真，我们才看到了未被词语遮蔽的客观世界。

书中没有超验、没有朦胧、没有夸张的比喻。

就我个人的阅读兴趣而言，我更喜欢第一辑《林间》里的那些篇什——曾莹走到哪里，就把爱心带到那里，她爱自然、爱人文、爱艺术——她让我们相信，爱比被爱更具魅力，也更具幸福感。

当然，曾莹的爱远远不止这些。

全书贯穿着作者对父母的爱，对丈夫的爱，对顽皮孩子的爱，对荏苒岁月的爱。

她爱新加坡的风花，爱加拿大的雪月；她爱英国的玫瑰，爱徽杭古道上的野草；爱台南的铁观音，爱杭州的老龙井……

爱英伦梦幻般的古老建筑，爱高耸入云的双子塔——

新加坡的雨在她内心的天空上下着

拉斯维加斯的风已吹入她的记忆深处

呼伦贝尔的羊在啃吃她内心草原上长到了天边的嫩草

温哥华的阳光

素里小镇天空上的雁影

耀眼的阳光从云朵的缝隙里投到苏格兰高地的草屋上

曾莹告诉我们，游到哪里，哪里就会给她带来全新的文化经验——

曾莹所呈现的，是一个温暖而饱满的世界，虽然它们更多的都在我们的经验之内，但它们是真诚的、丰富的、感性的。

加拿大充血的树叶，悉尼蓝宝石似的海水，多伦多空空荡荡的地铁，泰晤士河畔凉爽的清风，尼斯湖水怪的表情……

4

真水无味，大爱希音。

现实生活中，只有两种人，一种是有爱心的人，这类人爱着他们认为值得爱的一切；另一种是只爱自己的人。

曾莹无疑是前者。

在她的心目中，父母与儿子若是安好，便是晴天。

在第二辑《花影》里，曾莹把爱心传递到了生活的最深处——旅居海外的第二年，为了迎接尚未出生的孩子，她腆着肚子与丈夫亲自动手，将房子刷成淡绿色，让异国他乡有了故土的味道。婚后的新加坡生活，每天从岛国清纯的鸟叫声中醒来。为了给孩子省下每一分钱，她让电视机坐在地上，还与丈夫一起从宿舍楼道里搬回邻居不要的木质沙发。

在异国的报纸上找工作。

在新加坡右边的驾驶室里学开车。

凡此种种，都在佐证曾莹一直用平民的思维与生活方式与世界相处。

当然，曾莹的爱也体现在陌生人身上——坐公交车时，一对老夫妻的让座会让曾莹感慨万千；街头上一对老乞丐相互推让的残菜残饭，亦同样让她感动——曾莹的爱是多元的，通常还表现在她对自己生活着的世界高度认同与发自内心的赞美，对生她养她的杭州表现出近乎圣洁的爱。

曾莹，一个充满爱心的江南女子。温柔、多情、善良、朴素，是她身上的基本特质。

但同时，她也是一个浪漫的人，颇有艺术家与诗人的气质——当生活许可时，她喝中国牛奶，吃法国面包，开德国轿车，听意大利音乐……

5

曾莹的恋歌是这样唱的——

树林太小＼盛不下所有的花朵＼所以它们＼开放在你的心灵

我的胸怀太小＼放不下整个的你＼所以这个世界＼到处是你的倩影……

曾莹的梦是这样做的——

阳光把我的身体＼映出通透的白＼我终于飞上天空＼回到来时的地方＼那里只有围巾＼无言地证明着我的存在……

曾莹是这样教我们爱的——

我曾经是那样无望地爱着你……＼用我嫩绿的青春＼向你绽放最初的爱恋……＼我用全部的生命＼舒展出一生的爱意＼当秋水无声流淌＼当所有的繁花渐渐凋零＼当我的一生＼已变成一棵滴血的心＼落在你的脚边……＼向你告别＼我曾经是那样＼无望地爱过你……

此前，我们只知道曾宓先生的画，却不甚了解画家的身世。

曾莹为我们打开了画家曾宓的整个人生画卷——他苦难的童年，他命运多舛的青年时代，"文革"时期还被打成现行反革命！在那个极度荒谬的时代，所有人都可以成为政治的牺牲品。

曾宓的经历，在女儿的笔下更显得逼真与生动。

大艺术家往往都是一些非常好玩的人：曾宓外出游玩时，捡回来一块奇妙的顽石，他竟亲自将它凿刻成一只砚台，一直放在身边用到现在；在景区走着，一只八哥突兀地飞到画家曾宓的肩头上。从此，大画家天天与它相伴，一起吃生日面，一起出差讲学、开笔会，还以八哥为题材，创作了大量妙品……可是，八哥还是在某一天不辞而别了。大画家好伤心，直到一天八哥在画室窗外的枝头上再次出现，画家的心才得以慰怀……

书中共有几十幅插图，全都是曾莹父母的精品画作。读者在阅读这些润泽的文字同时，还能欣赏到大画家的笔墨语言。

曾莹告诉我们，玩物不但不丧志，而且是玩物长志！

第三辑《清流》，写的是儿子成长的故事，里面埋伏着许多生动的细节——

儿子生于新加坡，回杭州后，为了给他买带滑滑梯的床，曾莹几乎跑遍了整个杭州城，当然是买不到如此奇葩的床，最后，她索性自己画图设计，兴师动众找到木匠为儿子制作了一张全世界独一无二的床！

这就是曾莹。

为了儿子上学不迟到，她将家租到能听见学校铃声的地方！

曾莹年轻时弹过钢琴。后来儿子学琴，她每个夜晚与儿子一起挨在钢琴旁，直到儿子考出十级钢琴。时光流转，这十年的学琴生涯，占儿子生命的三分之二，母子俩一起在各种旋律里愉快地度过。

母爱是最无私的爱，也最纯粹。

8

人生就是一个过程——在这个过程中，有的人马马虎虎过得很潦草，有的人很认真，很仔细，每天都往日子里填放爱心，填放诗意，填放善良与美好——

就像曾莹。

往事的皱褶里，缀满了大爱；

祝愿她，在未来的时光里继续播撒热情，收获巨大梦想。

《品味》杂志社执行社长
一级作家
2018 年 12 月 1 日于杭州

目录

花影

清流

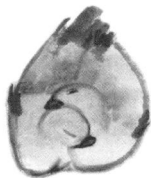

林间

感谢父亲。

都说父爱如山。我却常觉得，那更像是一片树木丛生、百草丰茂的林间。没有大山的重压，而是处处芳草萋美，秋兰结香。在这样"水清石出直可数，林深无人鸟相呼"的静谧空间里，尽可细细体会父亲"松柏本孤直，难为桃李颜"的风骨，以及"叶密鸟飞碍，风轻花落迟"的诗意。他睿智的沉默和大度的安然，才使这个林间得以永远欣欣向荣，青青如此。

文中以父亲作品为插图，收录了近年来自己的一些游记，还有我和他的故事。这片林间，是我生命的出发点，也是我回归的原点。感谢父亲，我才可以行更远看更多，并且知道，无论身在何处，总有一片月光，在林间为我照耀。

我几乎要将你忘却了

雨后的气息
如泉水一般清冽 纯净
就像你我的爱情
淡薄到
让人不易察觉
呵 吾爱
我几乎要将你忘却了
可是没有了你
我又如何能
在这没有空气的地方
生存

林中的溪流
像水晶一样透明 清亮
就像你我的爱情
纯洁得
看不出颜色
呵 吾爱
我几乎要将你忘却了
可是只因为有你
我的生命
才会在这月色迷离之间
奔腾

新加坡散记

一九九八年那个寒冷的初春,先生登上了飞往新加坡的旅途。三月底的杭州,居然下起雪来。独自一人顶风冒雪,为自己取了生日蛋糕。晚上,电话那头传来先生的祝福,述尽岛国风光,并告诉我,此时的他正穿着汗衫短裤,暖风习习。而我,在电话的这一头,兀自冷到心底。

夏日,初次踏出国门。在杭州机场,见一女孩在人群中抹泪,上前一问,果然也是第一次独行。于是高高兴兴结伴而去。后来我们成了无话不说的好友。第一次坐新航的飞机,看空中少爷小姐穿着蓝色盘花的服装,有点泰国味道。闭路电视里放尼古拉斯·凯奇主演的一部温情片,从此爱上那张长脸。机上另一群男孩儿,在新加坡工作两年了,这次回国休假的,自然做了我们的向导。有一位很骄傲地宣称月赚几何。我一听,还没有先生的一半,见他如此踌躇满志,再说自己还没找到工作,也不知能赚到多少,只好用力点头做嘉许状。

华灯初上时分,飞机在新加坡上空盘旋。看着窗外深蓝的海上，金黄的灯火点点，整个岛仿佛是一块水晶，闪闪生光。不由得想起西湖边淡淡的山色来。心里五味杂陈，有对爱人的渴望，对新生活的向往和恐惧，还有对故土父母的依依。

下得飞机，脚下是一条长长的平行移动电梯。记得先生说沿这条路就可以一直走到出关的地方。可同机的男孩们却说不要走那条路。懵懂中，跟着他们在大大的新加坡机场转了一圈又一圈，边上都是商场。眼看客人都要散尽，我们还没走出来，最后还是服务生将我们送出来。其实就只要沿着那条电梯，就可以到的啊！那一刻，在心里发誓，再也不盲目相信别人了！

顺利出关，我那几个月不见的爱人啊，在出口处微笑着等我。走出大厅，温热的风扑面而来，他推着行李走在边上，背后是无边的异国的夜色。我知道，从此以后，在这个岛国，只有我和他相依了。

二

早晨

在一阵鸟叫中醒来，睁开眼睛，看到墙壁上，阳光画出淡淡的窗花，斜斜地陌生着。想起自己杭州的家，雪白的墙壁蜜色的地板，一时不知自己身在何处。看到边上爱人微笑的脸，才想起，这是异国的第一个早上呵。

叹一口气，跟着他一起过人行天桥去吃早餐，桥面上开满紫色的三叶堇，红毛丹结了满树，硕果累累，就在手边随手可摘，但人人都熟视无睹地走过。清凉的晨风吹过，带来湿润芬芳的岛屿气息。

早餐是在新加坡最常见的食阁里吃。那是一个敞开式的店面，U形的柜台里，各式小吃应有尽有：米饭，面食，水果，冷饮，等等。先生给我要了一份当地小炒：炒粿条，说是他常吃的早餐。盘子端上来一看，粗扁的米粉，和着鸡蛋，炒成黑黄的样子,几根豆芽白白的做着点缀。最让我不能忍受的是,里面还放了几粒黑糊的蛤蜊,滑滑的,让人难以下咽。我吃了一口就拒绝了。先生无奈地让我自己去找爱吃的。

我一个个柜台看过去,人人都很热情地招呼着,一点也不在意我那初来乍到的样子。胡乱点了一份炒米粉,喜欢它的素雅干净,只有几根豆芽,加点酱油,后来成了我在那多年的早餐。

转过一角,看到冷饮摊子,墙上琳琅满目挂满各式甜点的名称和图片,让人眼花缭乱。权衡再三,终于点了一份"海底椰",也成了我日后经常享用的美食。店主在满满一碗雪白的刨冰上,淋了两大勺蜜色的果汁,里面还有几块酥糯的褐色甜品,那就是海底椰了。至今我还是不知道它究竟是什么水果腌制的。含在嘴里,有一种冰凉的甜美,简单而纯真,就像孩子眼里的幸福。

再后来,我的最爱,是一种艳紫色的饮料,加一点牛奶放几块冰。那水晶杯子里的粉紫,就像十八岁的青春,飞扬,单纯而夺目。丝丝乳白色的牛奶,氤氲着浪漫的气息。透明的冰块上下沉浮,仿佛诉说着人生的波动。

几年后,我常常做的事,就是休息时,走出充满了冷气的大楼,坐在温热的街边食阁,握一杯紫色的饮料,看着杯中的冰块一点点融化,边小口小口地品着掺有果汁的冰水,边看无人的桌面上,时有小小的黑八哥飞来停留。街角还常常有流浪猫懒懒的踪影,空气中有一种岛国的安详和平静。

三

地处热带，新加坡的雨，说来就来，不打一点招呼。

刚到岛国，尚不习惯带伞。走在举目无亲的陌生街头，阳光透过茂密的枝叶，白晃晃地明亮着，而心里，却有一份淡淡的凄凉。远远地看到路的尽头似乎有一团水汽，正慢慢移来。还在诧异呢，大大的雨滴已经打在头上了。行人纷纷拿出折伞，继续施施然赶路，我只好冲进车站躲雨。

雨滴大颗大颗打将下来，地上溅起老高的水花，天空变成了白茫茫的一片。坐上回家的车，窗外雨水做的帘子，把这个城市朦胧地与我隔离。不由得想起大雨中的西湖，那荷叶上的水珠，一如我思乡的泪，点点滴滴，尽在心头。

雨渐渐小了，水滴在车窗上斜斜地点点滑下，可以看清窗外的城市，干净整洁而美丽。地面上的积水迅速地排到了下水道，没有车子开过激起的水花。不一会儿，云开雾散，阳光显得特别炫目。一场大雨，就这样消失得无影无踪。人的一生，无论再大的波折、再大的风雨，在时间的眼里，也不过就是如此吧。

快下车时，不经意抬头，看到了窗玻璃上雨滴被太阳晒干的痕迹。浅浅的灰色，一滴滴泪的形状，排成整齐的一行行，像是小姑娘细心地用丝线，串起她最爱的珍珠项链。突然间，我明白了，原来一切，不会都消失殆尽的。原来，总是还有一点印迹来证明的啊！

下了车，看着大雨洗过的城市，阳光还是那样明亮，风还是依旧在树梢间吟唱，甚至连路面上，都看不到大雨的印迹。然而我知道，总有什么东西会留下来的，总会有一双慧眼一颗包容的心，会看到的。就如我的一生，曲曲折折走过的路，洒过的欢笑落过的泪，总会有一点点痕迹的。

四

邻居家的窗口，总站着一个沉默的中年男子，面无表情地看着小路上的人来车往。那是一个马来人吧，有着黝黑的肤色，一把乱七八糟的大胡子，忧郁而木然。

从窗口看到里面，家徒四壁，看上去一贫如洗。邻居们都怕从他家走过，更怕从他的眼皮底下经过，因为那目光，总是死死盯着每一个过往的行人，那样地绝望，那样地悲恸，让人在这热带的气温下，都禁不住背脊发冷。

每天早晨上班，傍晚回家，我都无可避免地要经过那个窗口，看他在朝霞中，在落日余晖里，默默地伫立。一次，又见他一如既往地盯着我看，就忍不住向他点头微笑了一下。他没有任何反应。而我，似乎在点过头之后，自己的心里，也因此微笑起来。从此，每经过那个窗口，我都要看看那双黯然的眼睛微笑一下。渐渐地，他也会笨拙地向我点头，甚至还以一个微笑了。

后来，从别人的口中，才知道他原本不是这样的。早先有一个女友，在他母亲还在世时，已论婚嫁。他们交换了最隆重的戒指。结果女孩子爱上了另一个，将戒指还给了他。从此，窗口就有了这张沉默而忧郁的脸。后来随着母亲的去世，那张脸就更难见阳光了。年复一年，他就在这个窗口，从一个小伙子站到了中年。

我不知道那个女孩子是否也听到了这个故事，不知道当年的心上人，是否还会心痛，是否会在热带的微风里，轻轻叹息。我只能在每次的路过中，更加真诚地对他微笑，对他摆手。相信他的妈妈，也在天国的夜空里，时时顾盼着自己的爱儿吧！

离开岛国多年了。那个窗口，还站着他吗？窗外的小玉兰树，还在轻吟着这首无声的爱情挽歌吗？

五

报纸上每天总是有那么多的招聘广告,但适合自己的,却并不多。翻看良久,在地图上细细找出所在位置,可坐什么公交地铁,列出详细清单,再一个个电话打过去。一贯地,对方先问是否公民或永久居民,再问有无经验、哪里毕业,等等。要是对方立即要求过去面试,那多半是小公司,急着要人。一般的大公司,总是会过几天才会有回音的。

那日,一下子收到好几个面试的通知。在镜子前上上下下,左左右右地端详了一遍自己,拎起早就准备好的公文包,吸一口气,踏上了求职之路。

早晨的岛屿,空气中有一阵淡淡的湿气,阳光穿过宽大的树叶,洒下斑斑金点。看着地铁里木然的人群,心中忐忑,自己是否也会在不久的将来,和他们一样,日日如此周而复始。

按时来到第一家公司,门面干净大方。从门口的电话里一直通报上去,转六七层,终于来到了人事部门口。拉一拉裙摆,叩了门。

这是我的第一个面试官吧。一位端庄的女子,正当芳华,职业装笔挺,坐在整洁的办公桌前。见我进来,微微一笑,露出如花容颜,让我先坐一下。她的面前正局促地站着一个男子,衣裤都有点脏有点皱,手脚不知道往哪里放,正认真地听那美丽的女子发话。我在他的后面,看了一会儿才认出,那是我的中国同胞呵,正不知为了什么原因而被辞退。不久,他接过女子递过来的一个信封,低低地说了声什么,都没有看我一眼,就匆匆走出去了。那一刻,我看到他的辛酸,看到他的不安和低落，也看到他的自卑。那一刻，我决定不要在这个公司里工作。那一刻，我在心里暗暗发誓，以后再苦，也一定要穿得干干净净地出来。

在美丽女孩的诧异和惋惜声中，我又回到了异国的大街上。阳光已变得炽热，风热热地从脸上吹过，心里有些失落有丝伤感，还有一点点的痛快。来不及多想自己的决定是否正确，又奔向下一个公司。

来到当天的最后一家公司，已是下午快四点了，又累又热。坐在大堂的沙发上，等着自己的心和脸上的油汗一起收下来。这是个中等规模的公司，正是周六的下午，安安静静的，没有几个人。按了铃，一会儿走出来一位瘦高的男子，微笑着过来应门。在他推开门的那一瞬间，《蓝色多瑙河》的旋律如潮水般涌出来，一下子将我疲惫的心紧紧包住。那是我一直最爱的音乐，有我多少儿时的记忆呵。

男子一直很客气地引我走过分成很多格子的办公室。宽大的房间空无一人，只有我从小就耳熟能详的旋律回荡着，如同妈妈的双臂，将我环抱。见我一直无语，那男子有点不好意思地解释，因为没人上班，只有他等我面试，所以就放点他自己喜欢的音乐听听。就是这家了吧，我心里对自己说。

当范文芳的歌声一直在岛国上空回旋的时候，没有人知道，我为什么最后会在这家不太起眼的公司落脚。以后的日子，每天坐地铁上下班，看窗外时晴时雨的天空，耳机里一直都有我最爱的巴赫、肖邦和施特劳斯。音乐无国界。

从小就晕车，加上自己又毫无方向感，用先生的话说，原地转三圈就迷路了。还是近视眼，夏天从房间里出来，眼前就一片迷茫。所以一直以为自己和车子无缘。

驾驶学校在新加坡有好多个，有公办和私立之分。公办的比较贵一点，上课也严一些，但通过率高。

家边上就有一个公办的驾校，常常有标着"L"（学习）字样的车子慢慢从门前开过，都是清一色的银灰本田。先生兴致勃勃地去学车了，看到他趾高气扬开着车从门前经过，心里就有点羡慕有点发慌。等他去考驾驶证的时候，我再也忍不住，报了名学习。

填表、交钱、上课、体检，最后我终于能够选择教练了。所有教练的头像满满地贴了一墙，分成高中低几星，不同的星级不同的价。我仔细看了半天，找了个最高星的，看上去面目和善的中年男子。选好了之后在电脑上定下学习的时间，就可按时来上课了。

一人一车，一节课一百分钟。驾校规定要学满二十八节课，才能参加考试。第一天上车，兴奋又慌张。幸好教练果然像照片上的一样和颜悦色，笑容可掬让我上车。坐在驾驶位上，才发现新加坡是朝左开的，用左手拉挡，驾驶位在汽车的右边。教练坐在左边的副驾驶位上，那里还装了一只刹车以防万一。教学场上设置了许多杆子，高低坡和大大小小的桥，有点像儿童乐园。初次发动，车子和我的人一起发抖，在路上扭成S形。一堂课下来，先吐一阵才能回家。第二天全身骨头痛。不过看着老公故意放在桌子上的新驾照，心里恨恨地想，死也要学会开车！

过了初级笔试和场练，我不仅不晕车了，还学会了看路上的很多标志。第一天上路，看着路边人来车往，一颗心只会打鼓。换挡时，总要先去看一下那根杆子在哪里，第几挡在哪里，换好了再抬头看路。教练说，不能看，要用手摸的，眼睛不能离开前方。莫奈何，只好伸手去拉。以为很远，没想到一下子就摸到教练的腿上，一时没有反应，还诧异，这挡杆咋这样软呢？再一看，妈呀，赶紧放手！松手的同时也松了脚，车子熄火，停在路中央。教练体谅我"年老"又无心，呵呵一笑，发动车子继续上路。

七

学了三个月，终于可以考驾照啦！新加坡的驾照是出了名的难考，很多人都是考三四次才通过的。一次没考过，得等三个月后才能再补考。不过考出了以后，就能在世界四十多个国家通行了。

考前一天，我的教练说，只要不心慌，仔细按要求做，我还是能考出来的。不过排队等报号的时候，还是紧张得两腿发抖。坐进有大大"L"标志的考车，缓缓开到起点，接了考官上车，对他点头打招呼，心里对自己说，没什么，大不了再考一次！

上桥下桥S路L路，横向竖向倒退泊车，场考很顺利。出大门路考了，这回心里放松了点，因为平时天天练的八条考试路线，这次抽到的是最简单的一条。远远地看到路边有一个老翁在走路，前方有一条人行横道，我估计着自己的车通过时，那老人还没走到横道上呢，再说他也不一定会过马路啊！于是以四十码的标准时速开了过去。等我过横道线的时候，那位老人家刚刚走到路口。考官在我的小本子上记了点什么，不免有点忐忑。心里一乱，手下就忙，换车道时还抖了一下。

回到考场，先送考官下车，开回自己的车位时，教练就上来问情况如何。听到那个老翁的事，他说，我肯定没戏了。果然叫号进去，考官很严肃地说，开车上路，最要当心的，就是行人的安全，而不是自己先过。正确做法是开到横道线边停下来，等老人家走过，或确定他不过马路时才能通行。开车一定要让行人。

满脸通红拿着不合格的单子出了门，教练安慰说，别的地方扣得不多，下次再考吧！哎呀，下次，下次可是又三个月了哎！气呼呼地找了个商场逛一下，看到一条裙子，艳丽而不俗气，轻纱飞扬，像阳光下的一首小诗，安抚我不平的心。想都没多想，立刻就买了下来，结果回家一试，太透明了，只能当个摆设！

三个月弹指一挥而过。那时已得知自己将要回国，这次的考试是最后的机会了，要是再通不过，不可能从国内飞回来考吧。心里就有了压力，比高考还紧张！

十一点考试，我八点就去了驾校练习。手心里都是汗，教练说往左拐，我向右，教练说前方停车，我直冲过去。终于熬到考试，和上次一样，上车发动，接了考官打招呼。这次的考官是个白发老伯，面容不怒而威。心里叹一口气，罢了，就算白学吧。

考场上，一条小路可以直行也可以左拐。考官要我左拐，我想想新加坡是靠左开的，就拐到最左边的路，再换车道前行。考官说，刚才哪条路都可以开的啊！心里一慌，加上又没有方向感，什么路都记不起来了。考官很好心地让我又开回老地方，结果我脑子里一团糟，还是先拐最左道再换！考官有点生气，让我停车开门，看那地上斗大的标志。全考场的人都看着我这辆车啊！我的头都比那标志大了。

出得场考上了路考，这回又是最难的那一条。心里什么都不想了，只觉得眼泪在眼眶里打转，一边狠狠地对自己说，要哭也回家再哭，不要在老头子面前哭！一边木然地开完了整条路考。

回到考场，教练也不在。坐在同样考完的人群里，觉得人家的笑容都是那样自信，酸酸的，只想落泪。叫到我了，进门看见考官的白发，突发奇想，那个人要是我老爸就好了！没想到考官和颜悦色地对我说，女子不光要认得锅碗瓢盆，还得知道地上的标志啊！扣四分，通过了！

我不可置信地看着他，心里有一块东西怦然而落，他笑着挥手叫下一号了，我傻傻地离开，都忘了说声谢谢。开了门，见教练一脸笑容等我出来，原来他早就知道了，就在那边等我了啊！那一刻，觉得他好帅！

然后就是拍照做证，我坐在凳子上等，那个嘴就是忍不住要咧开来笑，哈，什么叫合不拢嘴，就是这样！所以我的驾驶证上，就是那副傻笑的样子。

梦蝶

春日夜难挨
无处凝眸人笑呆
风摆细窗纱
梦里一片桃花开
蝶来香满腮

我和他的故事

四岁的时候，他说教我写自己的名字。他仔仔细细地一笔一画示范了一遍。看到这么难的字，我打定了主意，不写！于是我笨拙地抓起笔，画了一个圈，然后很天真地对他笑着说，你再写一遍。他信以为真，又在纸上大大地写了一个。我又画了一个圈，还嗔怪着，这么难的字，人家不会写嘛！于是他一次又一次地示范、讲解，看我一个又一个圈地画下来，直到满纸都是他的字我的圈，都没有生过一点气。

五岁的冬天，跟他去浴室。他抱着我，雾气弥漫中，男人们笑着对我说：这不该是我来的地方。我一手搂着他的脖子，一手玩着肥皂泡，自豪地大声回答：爸爸带我来的！他问我，困不困？我坚定地摇头：不累，不想睡！话一说完，就趴在他肩膀上睡着了。

七岁的夏季，我把西瓜籽一粒一粒粘在他光裸的后背脊梁上，排成整齐的一行。后来他忘了，背着一排西瓜籽出门了。他听力不太好，我总是说他耳朵里太脏了，时不时地将他两只耳朵挖得红彤彤的，衬着他白白的英俊脸庞，十分惹眼。

　　十岁的回家作业，要写毛笔字。见我洒了一地一身的墨水还没写成一个，他自告奋勇帮我写。还边写边说，我知道你初学，我不会写得很好的，你放心。结果每个字都爬出了格子，第二天我拿回来满纸的红叉。他很抱歉地再三重写，所以到现在，我都不会用毛笔。

　　十七岁的初夏，他教我学骑自行车，一边跑一边扶着我。终于我能自己一个人往前骑一段了。他满头大汗站在路边，还高喊着："眼睛看前面，不要慌！"没想到我转了一个弯看不见了。路人都奇怪地看着这个汗流浃背的老头，不知道他对谁喊话呢。

　　二十五岁的春日，他很早起床出门散步。回来时见我新嫁的盛装，点点头没有说一个字。晚餐时他破例吃了很多。我怀了孩子，他正在外地出差，打电话说：好好休息！你生什么我都喜欢！儿子出生后，他第一个打电话来，千言万语却一下子找不出一句话。沉默半晌，他问：宝宝有没有表情？所有的人都笑翻。

　　三十岁的初夏，我和他去欧洲游玩。他不会说一句英文，更不用提德语法语了，连中文都听不太清。旅游车一到站，我先领他到洗手间门口，看他进去后，我再奔向外卖部点两杯热牛奶，然后找一个显眼的位子等他出来。在希腊的那个下午，我们一起享受着葡萄架下的点点阳光，出来上车时，他才想起心爱的帽子没有带出来，一脸后悔如同孩子。我飞跑回去，在他坐过的椅子下边找到，他如获至宝，再不肯取下。

　　昨天和他走在盛夏的马路上，去买西瓜。他执意不让我拎，自己提着一只大西瓜吃力地走回家。灿烂的阳光照着他稀疏的花白头发，还有几根在风里微微抖动。我看着他依然帅气的脸，理一理他的后领。呵，老爸，这个陪我走过这么多年的男人，我们的故事，还会一直继续下去！

我的父亲

一九三三年十一月，深秋的福州城里东街，我国首家民办博物研究会会长曾叙的寓所，一个新的小生命的到来，使得这个树木葱茏的小四合院里，充满了欢乐。他就是我的父亲——画家曾宓先生，笔名三石楼主。

父亲在家中排行第三，原名曾和。上有两个哥哥曾定、曾容，下有一弟一妹曾平、曾僖。上初中时，小弟不幸因病去世，故而改名曾宓。宓是静谧、安宁的意思。当初，祖父母希望顽皮的老三会定下心来，不想，父亲后来的性格，倒真是深得其精髓。从此，曾家兄妹，安定从容，宁静欢喜，带着父母对儿女一生的祝福，各自有了不凡的人生。

父亲幼时身体较弱，一次得了麻疹，高烧不退，祖父母大为焦急，在没有药食退烧的情况下，只能于泥地上挖了一个浅坑，将他放在里面，希望泥土的阴凉能带走体热。一直疼爱他的叔父更是寸步不离左右。不知是祖父母的诚意还是父亲命不该绝，在经过漫长的等待后，居然奇迹般地康复了。所谓大难不死，必有后福。这可能就预兆了父亲未来的成就。

父亲儿时较为贪玩，迷恋乒乓球，又怕父母责骂，将乒乓球板藏在对门外婆家，上学时悄悄带上，于课间和伙伴们争抢地盘，打得难分难解，放学后先把板子交给外婆才回家。他也偏爱手工和绘画，手工劳作课是当时最得意的课程，又喜欢绘画，不肯安安心心做功课。二年级时，别人都在做功课，他却偷偷地画了一张班主任打毛衣的特写。老师发现后，不仅没有批评，反而专程来到祖父家，称赞父亲有绘画天赋，要好好培养。从此，父亲常常临习祖父在书桌上有意无意放置的画册、字帖。从第一次因绘画而受到褒奖，到终身从事绘画艺术，是开明的老师和父母，用爱心扶着他走上了这条光明的艺术道路。

　　初中毕业以后，父亲考进了闽侯师范学校艺术科，师承童仁三先生和吴启瑶教授。毕业于南师大艺术系的童先生擅长素描与创作，当时任班主任，他出色的人品、画品，在多年以后，还深深影响着我的父亲。而曾经远赴日本学习绘画三年，任福州旭日美术会会长，后在福州师大教书的吴启瑶教授，则更为师为友，以他深厚的水彩功底和艺术修养使年轻的父亲佩服，常去吴教授处，跟他一起写生，看他作画，也拿自己的习作请教授指点。自古名师出高徒，有这样人品和修养的老师，才会有这样的学生。也正是因为年少时有过这样的熏陶，才会使得父亲日后的发展，不可限量。

　　多年以后，父亲成家立业了，还念念不忘师恩，带着六岁的我，专程拜见教授。当时的父亲正值壮年，气宇轩昂，绘画艺术上与当年已不可同日而语，吴教授却是弯腰弓背，垂垂老矣。而父亲依然在比自己矮一大截的老师面前，屏声静气，虚心聆听。博采众长，虚心受益，他不仅给自己的孩子一个很好的身教，更是获得了使自己今后能不断提高的源泉。

　　辽阔美丽的大自然，那些充满了野趣的山山水水，还有风致诗意的草木怪石，都激发了父亲无限的创作激情，给予他无数的灵感。他深深体会到，自己除了绘画，别无所求。几

经磨砺，终于在一九五七年，考入中国美院之前身中央美院华东分院，选择中国画系山水画为主攻方向。当时的美院，名家云集，父亲在顾坤伯、潘天寿、周昌谷、吴茀之、诸乐三等美术界赫赫有名的教授指导下，如鱼得水，眼界大开，技艺突飞猛进。一九五八年，刚读大二，就以水彩画《柳浪闻莺》入选在苏联莫斯科举办的"社会主义国家造型艺术展"。

看过了范宽的博大，王蒙的简约精到，特别是美院能经常看到黄宾虹的画，那老笔纷披、浑厚华滋的笔墨，令父亲在感动之余，仿佛找到了自己心底的声音。但当时的美院不提倡学生学，怕学生在没有领会到黄老先生的笔墨精髓之前就已经充满了习气。但是父亲十分喜欢，悄悄地在星期天自己临摹体会。

一个周一的上午，父亲一张临摹黄宾虹的习作，挂在教室墙上没有取下来，被常到国画系教学大楼指导学习的潘天寿院长看见了。大家以为一定要挨批评了。没想到这位作画治学十分严谨的院长，在默默地注视了一会之后，说了一句使在场的人深感意外的话："黄宾虹的画，曾宓倒是可以临习的。"

自一九五八年起，中央美院华东分院改名为浙江美术学院。一九六二年，父亲从浙江美术学院毕业，分配到杭州王星记扇厂从事书画扇面的设计工作。尽管扇面内容丰富多彩，但装饰工艺性强，一个画家长期以此为职业，很可能手法娴熟地成了书画艺人，而在日复一日的消磨中失落了艺术才华。但是父亲自一九六二年到一九八四年，二十多年的企业生涯，不仅没有成为一个画匠，反而因扇面设计中受扇子穹形的限制，在章法上得到极限的锻炼，把平远透视原理运用得出神入化。在他的作品中，常可以看到，幽远的山水一望无垠，近处浓墨重彩的树枝或古塔却有一种强烈的向上冲势，使得画面因此层次丰富而且立即生动起来。

　　父亲利用在扇厂大量的空余时间看书练字，并与志趣相投的同行切磋商讨绘事。这样平静而充实的日子，是父亲最真心渴望的。多年后回忆往事，他曾说，自己的主要学问，都是在设计室时自学得来的。

　　"文化大革命"的开始，摧毁多少人的平静生活。父亲不幸以一句批评"文化大革命"的话也被卷入风波，打成了"现行反革命"，饱受虐待，耳根常被撕扯出血，听力正常的左耳就是在一个大大的耳光之后，成为终身重听了。如果说这些还仅仅是肉体上的痛苦，那么对于人格尊严的侮辱，就更是无边无际了。不但动不动就要被拉出去游街，而我的母亲，当时身怀六甲，也只能在胸口挂一块牌子，和他一同赤脚游行在冬日的风雪中。我年轻的母亲，怀着孩子，带着一份对爱情的执着，坚守着苦难中的父亲。一个早春，母亲去看望父亲，带回一条脏得发黑的被子，于午后用井水洗干净了。而我，就是在那个午夜，提早来到了人间。父亲却是一个多月之后，才得知这个消息。一个男儿，不能保护自己，还无法照顾妻女，这是何等的伤痛与愤怒！原本不多话的父亲，就更沉默了。当时被迫从设计室出来，待在工厂接受监督劳动，做起了木工。这一做，就是好多年。他头戴防护帽，在昏暗嘈杂的车

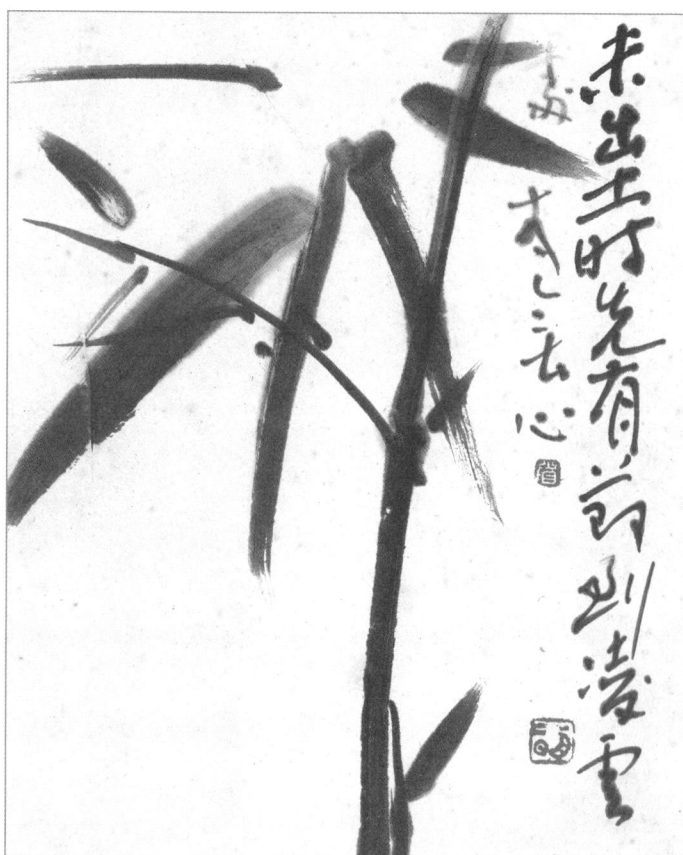

未出土时先有节
到凌云处总虚心

间冲木头的形象，在我幼小的心里扎下了根，以为父亲就是一个地道的木工呢！

一天，父亲骑着三轮车路过直大方伯巷运送木头，一辆运货车从后面重重地撞了上来，他被撞得从座位上直飞出去，越过街道，前额撞破路边人家的木门才掉下来。而父亲醒来后的第一句话，却是安慰那个吓得说不出话的司机。后来，当一辆三轮摩托呼啸着送重伤的父亲到医院时，几乎所有的人都在默默流泪，只有年幼的我为坐上车子而开心。奇迹般的，父亲只是皮外伤，没有脑震荡，也没有骨折。一定是上天也动了恻隐之心, 冥冥中护佑着, 同时, 又是"大难不死, 必有后福"的预兆。

那段不堪回首的岁月, 让父亲满头华发早谢, 更损失了大部分听力。生活的磨难, 使父亲基本上隔绝了人与人之间的语言交流, 人家在说什么, 他都听不到也不想听, 一有空暇, 就在家中埋头画画。他的每一滴墨, 都承载了太多的愤怒和忧伤, 每一笔, 都是一声无言的呐喊。当时家里画稿成堆, 他对自己要求又严, 稍不满意就重画。以至于多年以来, 家里如厕用纸, 也是干净点的画稿。当时画得最多的, 是"虚心受益, 清节凌秋"的竹, 上面题词常是"未出土时先有节, 纵凌云志亦无心"。那是一种对污浊世风无声的抗议, 也是自己清高孤傲的内心独白。而落款, 却总是"何以"。何以, 那是怎样的一种伤痛和迷茫!

除了竹, 父亲也将很多精力投入自己的专业山水之中。自一九六八年三十五岁时被牵涉到"文革"中, 直到一九七九年四十六岁时中年平反, 人生最有精力、最美好的日子, 却是在被侮辱、被压迫的苦难中度过, 这段无法忘却的年月, 是别人不能体会的辛酸和不屈。因而父亲的山水画, 充满了一种苍凉、悲悯和清高, 还有处处弥漫的张力。作品中一再出现的夜游、怀旧、依杖独处等主题, 正是父亲坎坷经历的再现。

而他的作品多年后在德国展出时, 西方人眼里的父亲是这样的: "一座大山, 云雾几乎把山上的溪流完全掩盖掉, 单独的一个游人正越过布满嶙石的河床, 踏在狭隘的过道上, 是一幅寂静到了极点的图像。曾宓的画是其精神状态的写照, 把他的画称作无声的诗篇应该是最正确的了。"(2003 年 10 月于柏林东亚艺术博物馆举行的"曾宓: 山水静我心"展览前言)

一九七九年的一月二日, 一个静默的冬日, 然而对父亲, 对我们全家而言, 却是生命的另一个转折点, 一个绝不平凡的日子。就在那一天, 蒙在身上长达十一年之久的不白之冤终于平反了。他又可以堂堂正正地拿起笔, 放手一画了。没有兴奋的语言, 没有呼朋唤友, 沉默寡言的他只是自己动手, 刻了一方印文为"一月二日"的印章, 以铭记自己的新生。

同年，我们离开了那充满心酸回忆的破旧小墙门，将寓所搬迁至安静的开元路。那是一幢民国初年的砖木建筑，有着高高的屋顶和一个充满生活情趣的大露台，更让人心动的是二楼宽阔的窗户，将窗外清朗的天空以及梧桐树茂盛的枝叶尽收眼底，把这间十六平方米的画室衬托得明亮而又充满生机。从此，父亲将所有的时间和精力都投入到了这间画室。心灵上的桎梏已去，又有这样满意的创作环境，他的技艺，可谓突飞猛进。一九八四年，父亲调入刚成立不久的浙江画院，成为专职画师。从一个企业的设计人员到专业创作，这无疑是事业上飞跃的转折点。"文革"的苦难，在父亲心里留下不可磨灭的痕迹，因而他的作品，"画风沉郁朴茂，意境悠远深邃，气格纯净高雅。笔墨间凝聚着真切博大的高韵深情和坎坷严

酷的人生体验,一股坚贞浩然之气激荡在画面之中,散发出一种清奇之气,涩重之味,率真之趣和幽远之思,充满了独特的个性魅力和神秘的生命力量。"(黄建安《曾宓:中国当代文人画的新高点》)

父亲的用墨之妙,成就之高,是很受人称道的。而宿墨的大胆运用,是他苦尽甘来的喜悦和宣泄。美术评论家刘曦林认为:"水墨是他最主要的成就,而且,水墨有些地方发挥到了极致,他的水和宿墨以及笔线的运用非常生动。"(《曾宓中国画艺术讨论》)

宿墨,原是指留在砚中隔宿的墨,但父亲将整块整块的好墨投入水罐,放置墙角,等到腐烂发臭后将黄胶水漂净。这种墨由于脱胶而呈颗粒状,在宣纸上随水而洇,产生奇异生动的痕迹。他是用墨的高手,时常在寓所的小露台上,直接把纸铺在水泥地面,用大笔,将浓宿墨加水,敷在纸上,有时更大胆地用小杯子直接泼倒在宣纸上,形成自然又独特的斑驳渍迹。而在用笔方面,则以中国大写意文人画的核心理念,"以骨为质,以写为法,以文为理,以意为象,用快速强悍的行笔方式,中锋直线,饱墨直入,湿笔挥洒,写中见笔。骨力劲健雄浑,沉着酣畅,具有极强的穿透力。"(黄建安《曾宓:中国当代文人画的新高点》)

父亲因自己在绘画方面的突出贡献而于一九九四年被国务院授予"有突出贡献的文化工作者"称号,但他没有因此为技艺而技艺,而是向着更高的目标努力。他说:"我也曾经迷恋过技术,追求娴熟的技能。后来我才知道绘画的技艺只是一种表现能力,就艺术效果而言,是属于低级趣味。只有将这些技术融进感觉,升华为感悟中有机的组成部分时,才能真正发挥技术的作用。审美感觉决定了人的关注品味,它是知识结构上的特定品质和个性定位。在生活中,关注的品位高,才能利用好自己的美感经验,不断捕捉生活中有价值的现象,不断积累感受,从而提高艺术的判断力和构造能力。"

为此,父亲真正身体力行地执行了"读万卷书,行万里路"的古训。书橱里堆满了书,对于大量的艺术理论书籍,他不仅仔细阅读,而且不断地将自己的心得体会记录下来。家中藏有几十本大大小小、纸张泛黄、形式多样的笔记本,上面记录了许多中外艺术家对色彩、构成等论述的要点,还有许多哲学、心理学、视觉艺术等方面的最新观点。更多的则是剪贴了许多有创意的、自己感兴趣的文章,以及读后的感想和见解。那精辟的文字,闪烁着智慧的光芒。这些珍贵的文稿,是父亲多年来勤奋的结果,更是一个艺术家心路的痕迹。

博览群书使得父亲在美学、文学甚至动植物学方面都有着极为丰富的知识,同时也给自己的创作带来更多的灵感源泉。除了中国传统画之外,年轻时的水彩画根底,也使他十分注重对国外画家的学习和研究。印象派对于光和色彩的运用,德国表现主义对形态的勾勒以及超越传统的激情,都对他有着很大的启发,加深了对如何用笔墨表现光影,表现虚实之处的领悟。父亲的作品,在构成上,一方面继承了中国传统的阴阳虚实、意在画外的精髓,其形态的聚散组合和笔墨之间

的关系，既分明又融洽，完美地处理了形态的变形夸张，组合间的穿插与疏密分布，笔墨水色的枯湿浓淡，并将这些复杂多变而又互动的构成关系，巧妙地形成了画面各个元素之间深层次的和谐。另一方面，父亲也吸收了西画中的很多增强表现力的因素。他的作品，总是简化层次，只取近中景来增加视觉的张力，因为最简洁的往往也是最美的。父亲在笔法上还善于用长线勾勒形态，在似与不似之间诠释了"外师造化，中得心源"的精髓，并将发自内心的感受和对艺术炽热的爱，以一种不拘泥常规美感和观念的手法表现出来，给人以强烈的震撼和视觉冲击力。除了笔墨，父亲还能以印章入画，往往达到出奇制胜、意味深长的效果。

在慕尼黑大学讲学时,父亲将自己对于"欣赏性质的艺术"观点,作了以下阐述:一是形象的直觉性,即艺术无须傍依其他手段加以解释;二是有一种能够引起观众联想和想象的创造空间,含蓄而有余味;三是必须具有自己鲜明的个性和强烈的艺术风格;四是有益于人们陶冶情操,丰富人类的精神文化生活。

父亲不是一个闭门画画的人,除了读书和思考,亲近自然,感受生活,是灵感来源的另一个重要源泉。自"文革"后,他的足迹不仅遍布神州大地,更远涉重洋,自一九八四年首次出国访问过日本之后,新加坡、加拿大、埃及、土耳其、俄罗斯以及欧洲各国都留下过父亲消瘦而精干的身影。青藏高原,这块神奇土地上的高远旷达,蓝天的辽阔纯净以及经幡的鲜活艳丽,都深深震撼着每一个踏上这块土地的人。父亲也不例外,二十世纪九十年代,他不顾自己花甲之外的年纪,两次直赴西藏。起伏和缓的草甸,悠远深邃的天空,蓝天白云下象征生命循回

的五彩经幡，以及五体投地虔诚的藏民，让父亲看到了另一种美，一种淳朴的、毫不造作的美，犹如一首绵绵不绝的藏歌，在他日渐淡泊的心里，引起极大的共鸣。他用从青藏高原带回的藏红山石颜料，将自己的最深感受，倾注笔端，创作了大量带有西藏风情的作品。并在画上有这样的题款："青藏因地缘之别，风物人情与江南迥异，画家同道当赴一游。"

"文革"的苦难并没有消磨父亲的意志，反而让他拥有一颗更加敏感细腻的心，常常被生活中的一些平凡的人和事感动着，关注着很多人忽略的小细节。他会把一大笔小费塞给饭店里默默洗碗的阿姨而不是明媚动人的迎宾小姐；会在早春的一个傍晚，看望"文革"时给予过同情和帮助的老邻居，并在临走时悄悄留下一幅自己专程为此而作的画。除了大风大雨，他每日必要外出散步，观赏四时景物，留心民生百态。早春初萌的嫩芽、墙脚的老猫、路边哭泣的孩子，都让父亲心有所感，流露笔端。他绘画，就是"把最通情达理的生活，用艺术的手法加以表现为可视形象"，因而那些精绝的小品，仿佛信手拈来，从心泉涌出，平朴自然却又深深打动每一个观者。一次在欧洲访问时，他拒绝参观别人排队观看的皇冠宝石，而是口袋里放了一把钱、一支笔和几张纸，独自一人兴冲冲地去逛跳蚤市场。看中一样，从画个问号开始，与店主在纸上讨价还价，无需言语，只要最直接的表情和肢体语言。这不只是一个买卖过程，更是一个深入体验生活、了解当地民情的好机会。当同伴在约定的时间赶到时，只见他怀抱一只老壶，站在街角，开心得像个孩子。

父亲说："高手不从时尚体，好诗只道眼边情。爱你的生活，认清方向，在深度中开拓吧！"因而他的作品，都是来源于生活，内容丰富，题材多样，既能作巨幅山水，也能画册页小品，花卉人物和山水一样为人称道。他认为："每一张画，既是目的，也是手段。以单一的画面而言，它是目的；以画家终生追求而言，它是阶梯，是进入自我表现的手段。"近年来，父亲的艺术发展，有意无意中沿着由繁到简，从具象到抽象的轨迹运行。他的书法功力，成为艺术造诣日臻完美的又一大激越。"行笔迅疾有力，意气飞扬，痛快淋漓。那些最简单最抽象的线条到了他的笔下，奇妙地竟有了山水的意境和韵味，与画异形同体。艺术的表达，从抽象来说更含蓄了，从所书内容来说却又更直接了，这种看似悖论里却迸发出一种更加直指人心的力量。所书内容多是为人处世的哲学，或为绘画精论，以此可管窥先生之精神世界。一字一世界，一字一境界。"（金彩画廊，金耕）

父亲认为："人最丰富而可贵的方面就是感情。而绘画是表现这方面最为直接而多样的。所以，坦诚与率真便自然成为艺术表现中最珍贵的内容。"他平日率真幽默的言行，也时刻反映出心底孩童般的纯真。自调入画院后，慕名而来的访客日趋增多，但父亲不喜交往，能避则避。尤其是春节前后，宾客

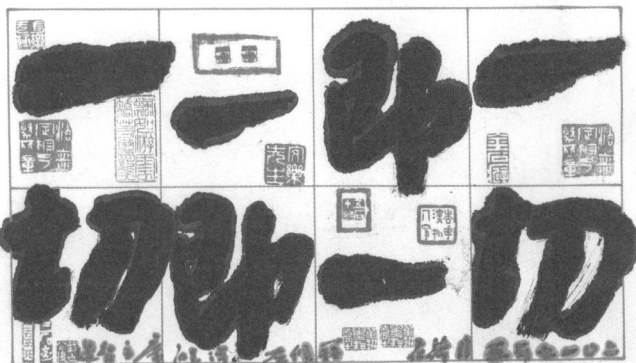

如云，他常常叹曰："脸都笑酸了。"于是第二日清早，携妻带女，带上干粮，上山逍遥去了。一家子下棋看书，喝茶闲聊，至夜方归。以后年年如此，众友人渐知父亲秉性，上门来访的人少多了，但也有不熟悉的，总是锲而不舍，见面方休。一日，父亲正在窗前挥毫，一个陌生男子在窗外的街上大喊"曾宓！曾宓！"一遍又一遍，烦不胜烦。于是他也大喊："曾宓不在！"来客不熟悉这声音，居然被他蒙走了。

父亲的好玩，在圈内是颇为出名的。玩，并不是玩物丧志，并不是游手好闲，而是一种大悟，一种大悲大喜之后的淡定。"事到无心皆可乐，人非有品不能闲。"父亲一贯崇尚自然简单的生活。他喜欢什么，就玩什么，毫不在意市场价格。年轻时爱石，常常举家外出，游九溪烟树，上十里琅珰，在水边、山坳里寻找各种怪石，无论多远多重，必要合力搬回家来。至今，父亲最喜欢的一方砚石，就是用当年从九溪搬来的石头自己凿刻的。它原始自然，古朴浑圆，被墨染得漆黑，一直静静立在画桌一角，伴父亲多年，见证了他在艺术之路上默默探索的酸甜苦辣，同时也是父亲不求闻达、伫立守望的象征。

一个秋日的午后，父亲前去拜访友人，行至北山街，一只黑色小八哥突然停在他的肩头。想来因为父亲头上华发早谢，小鸟错认为是旧主人了。父亲眼明手快，一把抓住振翅欲飞的八哥，赶到最近的友人家中讨了一只鸟笼，兴高采烈地回家来。从此，家中仿佛多了一个成员，也多了一个好伴。

　　为了让小鸟有个舒适的环境，父亲特意定制了一个可以伸缩的大鸟笼，另有一只小号的为它洗澡专用。小鸟初时毛色单薄，神情萎靡，父亲用蛋黄拌米粒，晒干了喂食，并将瘦肉切成小条，挑在木棍上，不停晃动伪装成小虫让小鸟啄食。每日还辅以水果蔬菜，不久，八哥就长得羽毛黑亮，叫声婉转高亢了。父亲极其宠爱这只从天而降的小鸟，以它的叫声取名为"小哥哥"，天天挂在画室窗口，连赴福建讲学也带着它，为它买虫，生日与它一同吃面，形影不离。同时也创作了很多以它为题材的作品。

一日，例行的洗澡之后，笼门不知为何大开，"小哥哥"饱餐了一顿番茄，施施然飞走了，只留下两根羽毛。父亲爱惜地把它夹在册页中，还日日将空笼挂在原处，可是不见它归来。多日之后，父亲发现它就在离家不远的玉兰树上。"小哥哥"就像它来时一样重归自由，让父亲心怀大慰。

及至中老年，古玩成了父亲的又一大闲趣。家中堆满大大小小，各种朝代，形制不一的瓶瓶罐罐。只要眼里是美的，可以不在意真假，不问价格，甚至用一些名家真画来换取可能是赝品的东西。而今，又将自己珍藏多年的，绝对是真品的二十件古玩，悉数捐献给了浙江省博物馆。他以孩童般的率真和热情，让自己的生活升华到无欲无求、独来独往的境界。

耄耋之年的父亲，更生活得随心所欲，除了书画，每日里唱歌打球喝茶，淡泊而安宁。然而他的作品，依然彰显出心底的激情和纯真。他会为一首动听的歌曲而流泪；为山冈上初升的圆月纵情高歌；为打球爬山去买最舒适的鞋；为外孙抓青蛙跌伤膝盖……他说："在人的潜意识中，永远存在着儿童心态，这是一种最原始也是最淳朴的心态。因此，凡能涉及这种人的潜意识中最普遍持久而深沉的心态，去创作艺术，必能获得感人的效果。"父亲的作品，将笔线、宿墨以及水和色彩出色地运用在一起，把水墨的高雅，通过现代的构成方法，落墨成章，直抒胸臆，博得了前辈画家的由衷赞誉。而二〇〇六年，他却淡然地将精品中的六十六件，捐给了浙江省博物馆。

这是一位历经沧桑、意志坚定的强者，也是一位有着丰富情感、敏思讷言的艺术家，更是一个质朴率真的孩童。

父亲曾宓，一个顽童，一个真人，一个安静的探索者。

荷塘清趣

雨后初霁
薄霭透明媚
新叶滴翠
叶上蛙声脆

徽杭古道

徽杭古道是古代徽商和浙商互通贸易的重要通道，据史料记载，这条古道早在唐代就已修成。它西起安徽省绩溪县伏岭镇的鱼川，东至浙江省临安市马啸乡的浙基田，是吃苦耐劳的徽州人，贩运盐、茶和山货，而走出的一条饱含风霜的经商之路。当年清代大商人胡雪岩年少时也曾沿着古道，肩挑背扛进浙经商，走出了自己的一片天地。其中绩溪县境内的盘山石阶小道，长度大约十六公里，是徽杭古道的精华所在。

这个端午，正好得闲。一家三口大清早出发，去体验一下古风遗韵。从昌化颊口镇下高速，过马啸，再沿着弯弯曲曲的山路，过了十门峡景区，来到浙川村的古道口。从这边走到鱼川镇，大多是下坡，容易些。

一到入口处，就围上来几位大妈，热情地推销竹竿制成的登山杖。两块钱一支的青绿色竹杖，被打磨得光滑坚固，上面还有淡淡的字样"徽杭古道游览纪念"，成了这一天中最得力的好帮手。

刚开始的道路还是水泥铺成的，平缓细窄，顺着山势蜿蜒曲折，可容一辆小车轻易通过。渐行渐高，路面变成沙石的了，不时有虬杂的树根裸露在外面。此时已在大山深处，没有城市的喧嚣，只有随处可见的清澈山泉，在每一个转角、每一面山洼里，汩汩不绝。阳光斑驳地洒在古道上，间或有一只小鸟，吱地一下划过天空。这样的宁静，让人不知岁月几何，有着无限永恒苍茫的感觉。

山行一小时，汗流浃背。山坡上有一个木质小凉亭，坐了不少游客。原来是附近的一位村姑，腿脚不便，设亭于此，免费供应山泉水泡的本地茶水。坐在质朴的木条凳上，喝一杯温热的绿茶。山脚下吹来一阵阵凉爽的清风，带走一身疲惫，心旷神怡。亭子里一只短脚小狗，伸长了舌头和游客嬉玩。此时从山下走上来一位中年汉子，赶着一匹驮东西的马，那是凉亭里要用的水壶茶叶等杂物。卸了货的马儿，就在山坡草地上休息。所有的一切，都是如此自然，如此没有岁月的痕迹，让人不禁想起，几十年几百年前的日子，也是这样流走的吧！

过了凉亭，再接下去的小道，就都是石板铺成的了。它们有的断裂歪斜，有的七高八低，风霜满面，都在述说着年代的久远，光阴的悠长。虽说道路崎岖走得满头大汗，但不时有清爽的山风拂过，路边常有冰凉的山泉相伴，转角处总有艳丽的野花，让这一路，时时充满了不设防的惊喜。

将近午时，来到一处较为平缓的山坡。沙土路面上，用树干横放着做成了宽宽的台阶，远远地伸向天边。四周都是茂盛的芦苇，繁密的细长叶子，在山风的劲吹下，如波浪一般起伏不停。初夏的淡蓝色天空里，白云如絮静静飘浮。原来这就是著名的蓝天凹，要是不走清凉峰的话，就是古道最高点了。站在高坡，远山如黛，长风四起，让人身心俱静。天籁从四面八方包围着，可以听到不远处山泉的潺潺流动，山风在树叶上的滑行，对面山头一只大鸟轻轻掠过，脚下有只小粉蝶从野花上起飞。甚至，可以感觉到地底下小蚂蚁忙碌走过，蚯蚓缓缓扭动，一片新长的叶子慢慢舒展的羞涩。这一瞬间，没有年代之分，没有商人游客之别。这一瞬间，就是忘却自身，是人和自然的心神交汇。这一瞬间，就是生生不息，天荒地老。

　　在农家吃了一碗简单的面条之后，略作休息，继续出发。因为是下坡，又有了竹杖的帮忙，一路很顺利，经上雪堂、下雪堂、清凉峰桥，再到逍遥乡，最后到了江南第一关，也就是行程的终点。历时七小时，行程近十七公里。沿途既有险峻的山体，又有柔软的小草原，途中还有鲤鱼跳龙门、挡风岩等原始古朴景观，可谓步步皆景。偶尔可见如同世外桃源的山中人家，炊烟缭绕，淳朴可亲，生活是那样平静自然，美妙和谐。

烟雨西湖

阳光明媚
远山如晤
平湖点点飞惊鹭

大雨倾盆
残荷若梦
长堤缓缓锁清雾

晴亦西湖
雨亦西湖
似水流年孤山路

看世界之东北行

一

二〇一二年的盛夏，酷暑逼人，全家打算去北方凉快凉快。一直都喜欢自由行的随意洒脱，所以早早地在网上订好了机票酒店，又细细查了地图后，开开心心地出发了。

第一站先飞到哈尔滨，这个著名的工业城市。那里有一条中央大街，是目前亚洲最大最长的步行街之一。我们的酒店就在它边上，放下行李后毫不犹豫地奔向了那里。街道两旁都是欧式及仿欧式建筑，并汇集了文艺复兴、巴洛克、折中主义及现代多种风格，真是一条建筑艺术长廊。慢慢地散步在宽敞的大街上，感受着徐徐而来凉爽的风，身心一下子宁静下来。炎热的西湖，渐渐淡去了。不必细说步行街独特的欧陆风情、鳞次栉比的精品商厦、花团锦簇的休闲小区，最让人难忘的，是那里的马迭尔冰棍，由法籍犹太人开斯普于一九〇六年在哈尔滨创建，距今有一百多年的历史了。

街头一个小小的摊位，上面写着著名的马迭尔招牌，只有三种口味，分别是五元钱的"香草味奶油冰棍"和"巧克力味奶油冰棍"，还有是十元钱的"冰糕"。我们决定了，老公吃巧克力味的，我吃香草的，儿子来份最大的冰糕。摊前有短短的一支队伍排着，轮到我的时候，我仔细地把这三种都念了一遍。摊位里高大的胖婶一听，转头对后面一位中年男子喊："一黑一白加一砖！"男子立马递出来一黑一白两根冰棍，然后又是一只大纸杯，是儿子的"冰糕"。

原来这冰棍是没有包装纸的，一根一根紧密地挨在一起，取的时候排在外面和上层的先拿，剩下的还是整齐地挤在冰柜里。冰棍一直是我的最爱，从一元一支的"冰工厂"到三十元一支的"哈根达斯"，没少尝过。但是马迭尔冰棍的美味，却让人吃了还想再吃。

它的外表，不像一般的冰棍那样光滑，而是有点不平整，一看就知道是手工做出来的。全身干干净净的奶油色，没有一点花哨。不像我们熟悉的那种一层层夹心，包了很多东西在里面。轻咬一口，开始没觉得有什么特别的。心想，果然只值五块钱，还要吹嘘得全世界都知道。

渐渐地，化在口里了，很浓郁的奶味，却又不甜。缓缓滑入喉咙，让人想起那句广告：丝般柔滑。不知不觉，又咬一口，再咬一口。它朴实，厚重，感觉像在吃凝固的牛奶。冰棍底部有一点点开始融化了，却没有想象中那样立即流得到处都是。它浅浅地形成一个水滴样，慢慢向下淌，还来得及在它掉落前，吸到嘴里去。看着融化的奶滴从不平整的表面渐渐析出来，不禁让人联想到，是那百年前哪位犹太美人的眼泪呢？这样缠绵，这样温存，这样让人不舍呵。

意犹未尽地吃完一根，还在舔木棍呢，前边又有一个马迭尔冰棍摊，连不爱吃冰棍的老公，都自觉排队再来一根了！在哈尔滨三天，记不清吃了多少根马迭尔冰棍。那样低廉的价格，并不美丽的外表，却用百年来回味无穷的浓郁和自然，让所有品尝过的人都爱上了它。

哈尔滨

的太阳岛，位于松花江北岸，是当地面积最大的一座综合性文化休闲公园。那天阳光灿烂，游人如织，但这样的人工风景，对于在西湖边长大的人来说，真是不值一晒了。

景区边上有一个俄罗斯风情小镇，里面有歌舞表演。小小的一片林间空地，搭了一个简单的台子，树荫下错落地放了几张木条凳子。夏末的阳光点点洒下来，像金子一样闪闪发光。不一会儿，歌舞表演开始了。八九个节目，就是五六个俄罗斯演员轮流上场表演的。节目也并没有想象中的精彩，台下的掌声稀稀拉拉的。最后一个节目，是一个微胖的妈妈，带着她五六岁大的女儿表演的。妈妈唱着老式的俄罗斯歌谣，女儿就随着音乐在台上起舞。

小姑娘瘦瘦的，金发扎成细细的小辫子。她根本没有学过舞蹈，只是随性地在台上旋转，跳跃，跳不动了就干脆站着。但这种不加雕琢的纯真，却感动了每一个观众，就像看到了邻家的孩子。大家给予她最热烈的掌声，她也不致谢，一转身就跑到后场去了。

散场时，后面的林子里有她小小的身影，白衣白裤，在翠绿的林间，如同一朵淡淡的小花。八月的东北，阳光没有南方的炽热，却依然很明亮。林子里清凉的风缓缓拂过树梢，有细细碎碎的声音飘过。莎士比亚曾写过：我可否将你比作一个夏日，你却比夏季更可爱温存。

　　她专心地吃着一包薯条，林子里一转，不见了。边上走过盛装的演员，说说笑笑到路边亭子里买饮料喝。也许几年以后，小姑娘也会像她的妈妈那样，跟着一个十人不到的小歌舞团，到处表演。她也许不必画画，不必做奥数，不必准备中考。但当她在林子里休息游荡时，会不会看着不远处的城市高楼，有一点遗憾呢？而生活在钢筋水泥丛林里的城市人，是不是也会想念树林，向往着她的生活呢？

三

踏入 哈尔滨太阳岛上的俄罗斯小镇,树林绿荫中会发现一处不大的园子。矮小的木栅院墙里,时隐时现的是颜色奇特、形状各异的木板房,是当年涌入哈尔滨的俄罗斯和犹太侨民建造的。这些巴洛克式、哥特式、犹太式的小建筑,没有街区上的欧式建筑那样华丽和庄重,而是在简洁的风格中,显现着更为自然、朴素的生活韵味。它们簇在鲜花绿意中,仿佛是一首俄罗斯的田园小诗。不禁想起海子曾说过:从明天起,做一个幸福的人 / 喂马,劈柴,周游世界 / 从明天起,关心粮食和蔬菜 / 我有一所房子,面朝大海,春暖花开。

我们在小镇里喂了兔子、小猪,还赶了池塘边的大白鹅。小土路边,有不少椅子,高高的椅背后面种满了花。夏末的风在枝头吹奏,金色的阳光在树叶上舞蹈,这就是我一直向往的住宅。房子不必高大,两三间足矣。窗外可以看得到树木和天空,还有邻居家的一个房角。有一个院落,种些竹子和桂树。秋天的时候,坐在开满了秋菊的木头椅子上,任风吹来,淋一身桂雨。

只是这样的向往,最终也只能是一种向往罢了。在这个越来越挤迫的城市里,能同时看得到树木和天空的窗户,大概没有几扇。而有一个小小的院落种几棵树,那就只好去别墅了吧!也许老了以后,可以远离喧嚣,找一个安静的地方,过自己想过的日子。不过谁知道呢?或许那时,会常常坐在秋阳里,怀念当初忙碌的自己,还正年轻!

这样想来,真正的安宁,只能在于内心了。海子说得对,就从明天起,做一个幸福的人吧,有一所房子,面朝大海,春暖花开。

四

从小就贪吃，不然也不会外号叫猪猪了。话说从八月炎热的杭州来到了清凉的哈尔滨，就吃了不少的马迭尔冰棍。又到了中国最北陲的漠河小镇，出得机场，下午四点的空气就凛冽而清新，令人一下子胃口大开！

放下行李就出门找晚餐。大路旁有一条小小的支路，边上摆满了摊子，原来是一个菜市场。除了常见的一些水果蔬菜之外，很多人的脚边摆了一只只塑料桶。走近了才知道，原来是野生蓝莓啊！直接从森林里采来，没有杭州的那么大，小小的，泛着蓝灰色的光。一问价，七十元就有一大桶了！杭州一小盒就要二十元哎。摊子上的大娘很豪气地要卖我们一桶，我再贪心，也吃不完啊！好说歹说，买了一小盒，依嘱用点白糖拌着吃。那滋味，又酸又甜，还很鲜美，果然不同凡响！

一条很小的巷子里，还有不少点心摊，上面放着馒头、烙饼、蒸糕……数不胜数。我从小不爱米饭，喜欢面食，看到这么多好吃的东西，眼都直了！走在挤迫的小巷里，两边摊子几乎要擦着身体了，面板上的高庄馒头啦，鸡蛋饼啦，大煎包啦，仿佛都在说：买吧，很好吃的！

左看右看，终于看到一个摊子上的千层饼，切成规则的扇形。它的表皮煎成了金黄色，里面还是一层层本白的面饼，柔软而芬芳。这多像一个女子的内心啊！外表纵然千沟万壑，内心却依然带着纯真的少女情怀，牵牵绊绊，心事层层。看到这最后一小块，有三四厘米那么厚，想让摊主切一半下来。不想那壮实的汉子瞪着一双铜铃般的大眼，扯起嗓门：这么一点，两口就没了，再切一半，还有一半卖给谁去？吓得我只好全买下了，只要三元！

付钱的时候，汉子问，姑娘，打哪来？我前后张望，没见着什么姑娘啊！哈，原来是问自己呢！哎呀我的一颗老心呵，欢喜得翻倒！脸上的皱纹，都觉得少了几条！然后一条巷子的人，都看着这个从杭州来的"姑娘"，拎着两三口就能吃完的饼，雀跃地走到漠河的大街上去了。

大街上很空旷，看不到大饭店。只有很多路边小店的招牌，让人垂涎。走进一家"东北肉骨头"的小店，店主很热情地招呼入座。不一会儿，鲜嫩的黑龙江小鱼，喷香的野菜，还有招牌菜"大骨头"就摆满了小小包厢里那简陋的桌子。

"大骨头"原来就是红烧猪筒骨。真是巨大，比小儿的一只拳头还要宽，一只大盘子里满满当当地装了六块，冒着腾腾的热气。父子俩二话不说，埋头就吃。肉已经炖得很烂了，但还没有从骨头上掉下来。轻咬一口，油而不腻，软中带劲，肉香四溢。口渴了，喝一口当地酸甜的蓝莓汁，豪气顿生。吃得撑到喉咙口，才把大半个骨头啃下去。小儿一声不响吃了差不多两块，然后歪着头，打了个响亮的饱嗝。只有老公依然苦干，吃掉了两块半骨头，外加二两老白干！

一家子摸着滚圆的肚子蹒跚出得店门。极昼的夜晚，七点多还是亮晃晃的。清冷的晚风里，看人们在广场上舞蹈。想着要是长住在东北，我看上去一定更像一只猪了！

五

世上很多事，都可以用"人算不如天算"来描述。在漠河游玩了北极村，中俄界河黑龙江第一湾之后，原本计划下午两点的飞机回哈尔滨，然后从哈尔滨坐晚上七点的火车，第二天一早到满洲里的。可是那天大雨，飞机要晚上十点才起飞，这样连火车也耽误了。只好临时包了一辆越野车，直接从漠河穿过大兴安岭，开到满洲里去。

司机是个地道的漠河人，身子精壮扎实，有一张红黑色的憨厚脸膛，开得一手好车。出发前，买了不少干粮和饮用水带在路上，因为到了大兴安岭深处，不仅没了吃的，连手机信号都没有了。

从漠河出发后，第一天先从满归镇翻过阿龙山，再到金河，最后在莫尔道嘎小镇上过夜。刚开始还是城镇里的柏油路面，不一会儿就上了山，全是土路了。两边是一眼望不到尽头的绵绵森林，只有一条崎岖不平的土路在丛林中无尽地伸展。现在才明白，为什么古代小说里，送人要到路口才分别。因为实在是只有一条路，别无支路。只有在岔道上，才有不同的路通向完全不同的方向。要是不幸走错了，那会错上很多公里，有时，就会因此而耽搁一天的行程。所以送行的人，总要送到路口指定了方向才依依惜别。这样想来，自己的人生，何尝不是如此，只是会有谁，总在路口指引呢？

在森林里开了一小时后，手机完全没有信号了，我们进入了大森林的腹地。茂密的树林里，是深不可测的幽静和浓绿，却又处处透着生机。立秋刚过，南方还是炽热的火炉天气，而这东北的树林里，早就有了秋意。一些叶子开始发黄了，穿林而过的风带着丝丝凉意。司机说，到了八月底九月初，就是满山的五颜六色，红的枫叶黄的银杏，一层层连绵不断，那才是真美！

下车休息时，正巧是在一大片白桦林里。它大得看不到边，唯一的土路从中间无声地穿过。欧阳修在《秋声赋》里说：四无人声，声在树间。这里没有人声，没有都市里喧嚣的呼吸，只听到初秋的风，在树梢上谈笑出自然的音韵，只有鸟语婉转，如阳光一般从林间的空隙里洒落。走进林子里，静得可以听到自己的呼吸，还有树叶落地的声音。脚底下是经年的落叶铺就的厚毯，柔软而芬芳。白桦树浓密的叶子，深邃而宽广。但它洁白的树干，以及像眼睛一样的纹理，却又从这浓绿中跳出来，那么显眼，在金色的阳光下，充满了勃勃生机。

久久地站在一棵大树下，它已经很老了吧，树皮粗糙，高耸入云。它静默地站立着，用它满身的伤痕，如智者的双眸一般凝视着。我曾经在遥远的一个欧洲小教堂里，回想过自己一生走过的路。如今，这无边林子里的沉静，这恍若老者的白桦树，这充满慈爱和智慧的斑痕，也让人禁不住地思考，扪心自问，快乐吗？

差不多一整天，都是在穿行大兴安岭。无边的森林里，越野车颠簸在土路上。却让人觉得，如同行走在父辈的肩膀上。这原始自然的美，有一种野性，一种粗犷，更有一种力量。

六

开车 从漠河出发穿越大兴安岭，一路上风光无限。走走停停，晚上在一个叫莫尔道嘎的地方过夜。这是内蒙古额尔古纳市的一个小镇，传说公元1207年，铁木真回室韦祭祖。路上生发狩猎之念，逐鹿至龙岩山顶。只见林海茫茫，云凝峰峦，霞光四射，一派吉祥。大汗顿生统一蒙古的志愿，于是一声巨吼：莫尔道嘎！（蒙语：骏马出征）。莫尔道嘎由此得名。这是个安静的山间小镇，晚上七八点钟后，街上就没有什么人了，夜凉如水，早早歇息了。

第二天清早，阳光从厚厚的云层空隙里洒下来，一切看上去是那么地充满了生机和希望。过了室韦，渐渐地，就走出了大森林，向草原进发了。呼伦贝尔大草原得名于呼伦和贝尔两大湖泊，是世界四大草原之一。原本清一色的丛林，渐渐地可以看到一些缓缓的山坡，上面绿草如茵。再后来，草地就更多了，树林变得一丛丛地分散在山冈上。视野开阔起来，草地连绵不绝，一直延伸到天的尽头。

初秋时分，正是收获季节。大片大片的草割下来，阳光下晒成了褐色，扎成整齐的一卷。宽广的草原上，到处是这样的草卷，一眼望去，如同巨大绿色蛋糕上的巧克力豆。

慢慢地，森林被远远地抛在了后面，我们进入了呼伦贝尔大草原腹地。看不到一棵树，只有苍茫辽阔的大地一览无余地呈现在眼前。淡淡的阳光给草原撒上一层金色，让那满眼的翠绿，有了一种流光溢彩的美。路面像一条闪光的带子，沿着广袤的大地缓缓起伏。远远的，在天地交接的地方，出现几个小黑点。驶得近了，才知道那是汽车。在这样一望无际的地方，人类仿佛是多余的，只有牛羊，大地，天空，才是真正的主宰。

下得车来，踏进草地里。有翠绿色的蚂蚱在跳跃，清凉的风毫无阻碍地在旷野上徜徉，可以清晰地看到它在草丛中舞蹈的步伐，听到它低低的吟哦。这里的安静，和大森林里的安静是不一样的。森林的深邃幽远,处处透着一种神秘,一种野性的力量,仿佛面对的是一个威武的汉子。穿越大兴安岭的山路,时时让人觉得,这是行走在父辈的肩膀上,让人不自觉地感到一股豪气。而呼伦贝尔大草原辽阔安然,绵延不绝。那起伏和缓的山坡,让人觉得大地都是柔软的。草丛里的小花,成群的牛羊,就像是徜徉在母亲的怀抱里,处处充满了平和、慈祥。太阳暖暖地照着,有风从腮边滑过,如同妈妈的抚爱,体贴而温存。

在东北玩了八天,吃冰棍,啃骨头,骑骏马,滑冰梯。翻过山,看过水,走过大草原,一路精彩。最难忘的,还是大草原。网上说,梁朝伟没事时打飞的到伦敦喂鸽子。呵呵,我无法这样奢侈。要是有一天,能飞到满洲里,找块没人的草地上坐着,看一下午的书,也就是最大的梦想了。无奈总有俗事缠身,就只好像现在这样,看着南方窗外夏末的大雨,回忆起草原上,那懒懒的阳光……

茶馆

给我一段不老的时光
开一个茶馆
没有小窗依水
却也能青藤绕门
有点安静有点单纯
也许生意清冷

但只要
只要还有一位客人
愿意在某个仲夏的黄昏
把一杯茶喝到无味
一支歌听到无声
一首诗读到无字
一段情爱到无痕
那么我愿意将这茶馆
开到永恒

看世界之美国行

一

二〇一三年二月八日傍晚登上了飞往洛杉矶的飞机，经过了十多个小时漫漫长夜的飞行，终于降落在美国的土地上了。出了机场，往前走几步，就是一个公交站台，可以等候开往各个方向的巴士。我们的巴士名叫Flyway，可以直接开到市中心的Union station，也就是联合车站。我们预订的酒店就在车站不远处。

这时正好下午四五点钟，金色的夕阳照在对面的高楼上，衬着蔚蓝的天空。有风从远远的地方吹来，让人有一种不真实的感觉。不久，一辆大大的白色旅游巴士缓缓开过来，上面有很清晰的标志表明这就是我们等候的车子。司机是个秃顶的黑人老伯，一边再三确定上车的人没有坐错方向，一边帮忙把行李放到车下行李舱里。然后车子沿途开过各个出口，接上早就等候在那里的人们。最后一站的人都上车后，他站在车前，先介绍他的名字，然后再次重申目的地，最后告诉大家行车的时间大约是四十分钟。

　　路上并没有想象中的拥堵,果然车子准时到达了联合车站。这是洛杉矶最大的客运站,也是洛杉矶市中心的著名景点,美国国家史迹之一。联合车站的外形是西班牙教堂式建筑,候车厅有着华美的穹顶,夕阳的余晖从高大的窗户外透进来。地板光得发亮。星巴克咖啡的香味飘荡在大厅里,候车厅两边的座位大多都空着,可以随意落座。两边各有通道去往地面的火车以及地下的地铁。人来人往熙熙攘攘,但并不拥挤。

　　出了联合车站,走在洛杉矶的马路上。路上行人不多,车子倒是一辆接一辆。暮色四合,天空蓝得深邃,看不到一丝云彩。路边参天的棕榈树在风中轻轻摇摆。这和烟雨江南有着太多的差别。

　　走过一个路口,就是我们要下榻的酒店了。放下行李后,出来找晚餐。大门口右手边就有一个 Subway 热狗店。于是打算尝一尝美国本土的食物。柜台里放着一格一格各式馅料,有生菜、洋葱、胡萝卜,还有鸡肉、牛肉、猪肉,以及五花八门的奶酪和沙拉,连面包都有好几种。看得眼花,随意选了些,店里的小伙子就熟练地先抹上奶酪,夹好肉块,放进微波炉里热一下,然后再放蔬菜,最后淋上一点沙拉酱,包在纸里递了过来。边上还有一位大姐又盛好了土豆汤,外加一只大大的空纸杯,好让客人随意选用可乐雪碧之类的饮料。

　　热狗很大,土豆汤是用奶油和咸肉一起煮的,不能称之为汤,只能算是土豆泥,吃几口就饱了。好不容易撑下大半个热狗出了店门，走在夜色四合的街道上。有清凉的晚风习习吹来，地上纸屑在风中打转，也不见人打扫。路上行人稀少，沿着MainStreet漫步去不远处的市政大厦，它早就关门了，只有草地上的花洒，在努力工作着，喷出均匀的水花。这个城市，没有想象中的喧哗，只在市中心有几处高楼，别的地方都是宽敞的大路，沿街不高的房子，还有街上散淡的人群，到处可见的细细碎碎的垃圾。

回房间睡觉，不想到了半夜三点钟，被不停的手机短信声音吵醒。算起来，这可是国内的除夕夜啊！于是在万里之遥的凌晨，一边打着哈欠，一边享受着远方朋友的祝福。央视四套的春节联欢晚会马上就要开始，而路边不断呼啸而过的警车时不时地在提醒着，这是在美国过年呢。

二

今天，是美国的除夕，中国的年初一。凌晨三点起来回复手机短信，四点看春晚，快八点时，全家大小已经吃饱，又泡上一壶亲爱的铁观音，出发去玩了。

前一天已经在联合车站看好了路，坐地铁红线，可以直接到达好莱坞国际影城。下到地铁站，空荡荡的大厅里，只有自动售票机，没有人工服务。父子俩研究了一阵，终于成功买到了三张磁卡，可以充值重复使用。地铁是我们坐过的地铁中最老旧的样子了，但很宽敞干净，两边是一排两个人的位子，中间还有走道，时不时有人推着自行车上来，到站后又骑走了。

快到好莱坞时，一家三口迷糊了，三个站名都和好莱坞有关，哪一个才是直达国际影城的呢？翻遍包包，发现国内带来的打印资料居然落在了酒店里！于是打算在第一个站点下，就算下错，早下总比迟下好吧！出站时发现直接就能走出去，心里有点惶然，咋就不用刷卡了呢？于是站在一边，看着别人同样堂而皇之直走过去了，才知道真的是不用刷卡的哎！

走上大街，扑面而来的，是明亮得让人无法置信的阳光。我从来没有见过这样耀眼却不炽热的光芒。日本和新加坡的阳光也很明亮，却非常炎热，一会儿就晒出汗来了。德国阿尔卑斯山上的阳光，就像杭州晴朗冬天的太阳，软软的，温暖的。而此时的太阳，明亮得让人无法面对着它睁眼，可是温度又不高，只有七八摄氏度的样子。这样的阳光，让人觉得可以一直晒下去晒下去。天空清澈得像水晶一样，只有几丝云彩，像昨日的旧梦，轻轻地依在天边。空气清新，眼里的一切都很明媚。现在才明白，为什么很多油画，都是浓墨重彩，那是因为真是如此啊！而中国的江南，看起来就像是一幅水墨画。

大街上流连了一会儿，找不到方向了。三人各使神通。老公拿出三星手机找 GPS，儿子看起地图，我用 iPhone 定位，然后才发现,在美国用 iPhone 真是很方便,速度快,定位准。连自己在路的左边或右边都能很清楚地标记出来。于是跟着手机上的地图走,才知道还要走两站才能到。路边不知名的树上开满了白花,一些小店也很有风情,看看走走,目的地却还很远。

此时迎面走来一位黑人,对我们说可以坐观光车游览。听他介绍了很多景点,看着走不动的儿子,就买了票,十一点发车。那是一辆敞篷的老爷车,雪白的车身,猩红色的座位,一看就是旅游专用的。不一会儿车上就坐满了来自各地的旅客,而我们一家是唯一的亚洲人。司机是位帅气的小伙子,边开车边沿途讲解。可惜风很大,他的语速又快,更因为自己三脚猫的英文,听了上句没下句,半懂不懂,索性不听了。

我们一路沿着星光大道开过去,奢侈品店一家连着一家,还有路边的一排排豪车。很多车子只有在模型上看到过,儿子说,从来都以为只是概念车,没想到它们就这样停在路边!他激动得都有点想哭了。

渐渐地,车子上了比佛利山(Beverly Hills),那只是一座小山,却云集了好莱坞影星们的众多豪宅,那些房子没有一幢是相同的,都有着各自的精巧和气度。著名的加州阳光照耀着这些著名的房子,房前绿草如茵,花团锦簇,美得像个童话。司机熟门熟路地边开车,边沿路徐徐介绍着,哪幢房子是哪一年,由哪位明星花了多少钱买来的,听得旅客们发出一阵阵的赞叹。我突然觉得,这样看起来无比风光的明星的生活,也真是无趣得很。沿路有多少司机开着这样的游览车,每天要介绍给多少游客听啊!我宁愿坐在我那无人知道的小房子里,随心所欲地跷起脚,看看窗外的那一棵梧桐树。

从山上下来，下午两点半终于到了国际影城，卖票的小伙子却劝我们第二天再来，因为六点就关门，很多东西都玩不到了。于是再坐地铁回到酒店。当天晚上是美国的除夕夜，我们在附近的唐人街找到一家中餐馆，吃了一顿中式晚餐，算是年夜饭了。

第二天一大早，买了票子就在影城里结结实实玩了一整天。我们先玩了儿子最喜欢的变形金刚过山车，又坐了游览车体验了一把拍电影的感觉，还观看了很多表演，并且和各式各样的人物造型拍照。这跟任何一个游乐场所没有什么不同，要不是第一天下错了站，我们可能不会花那么多时间在洛杉矶街上闲逛，也不一定会坐上游览车，看到那么多漂亮的房子了。正所谓风景都在路上，而人生，处处充满惊喜。

三

清早 从洛杉矶酒店出发，坐上当地的"灰狗"巴士，行车五小时，来到了著名的赌城拉斯维加斯（City of Las Vegas）。它最早建于一八五四年，是由当时在美国西部的摩门教徒建成的。"拉斯维加斯"的名称是西班牙人起的，意思是"肥沃的山谷"，因为这里是一片荒凉的沙漠和半沙漠地带中唯一有泉水的绿洲。内华达州发现金银矿后，大量淘金者涌入，拉斯维加斯开始繁荣，一九三一年内华达州议会通过了赌博合法的议案，拉斯维加斯成为一个赌城，从此迅速崛起。

车子由沙漠进入市区，两边的建筑气派而辉煌，高高的尖顶傲然俯视着远处光秃秃的群山。酒店大堂也是极尽奢华，赌场就在大堂边上，宽大得一眼望不到边。因为是白天，只有少数人边喝饮料，边把筹码放进机器里去。儿子一边看一边诧异，这么无聊的游戏，居然还会有人流连忘返？

放下行李逛大街，阳光比洛杉矶的还要明亮，照着那些建筑物的尖顶闪闪发光。主城区其实不大，就是一条笔直的大街，到处是金碧辉煌的商场、赌场。远处则是一望无尽的半沙漠荒原，仿佛时时在提醒，这座城市的来之不易。

本想走到一个公园里买坐直升机的票的，不想路边就有一个小摊子，上面放满了各式各样短途的旅行介绍。守摊的是个黑人老伯，很详细地介绍了去科罗拉多大峡谷坐直升机的项目，还包接送。看着价钱还公道，就这样定下了。

第二天先看了著名的胡佛大坝（Hoover Dam），是为了纪念当时主持建设的美国第三十一届总统赫伯特·胡佛而命名的。大坝高二百二十一米，是当时世界上最高的拱形坝；而坝顶长只有三百七十九米，至今仍然是世界高坝中长度最短的大坝。胡佛大坝为美国最大的水坝并被赞誉为"沙漠之钻"（Diamond on the desert）。

过了大坝，再行车四十分钟，就来到了我们的目的地科罗拉多大峡谷（Grand Canyon Colorado），世界陆地上第二长的河流峡谷。"科罗拉多"，在西班牙语中意为"红河"，这是由于河中夹带大量泥沙，河水常显红色。它是世界七大奇景之一，全长三百四十七千米，宽六至二十九千米，深一千六百米。在一千万年前被今日的科罗拉多河侵蚀冲刷而形成今日的壮丽景观，它的色彩与结构，特别是那一股气势，是任何雕刻家和画家也无法模拟的。

我们先坐车上了高原顶部。站在峡谷的边缘，看着脚下的万丈深渊，真有一种惊心动魄的感觉。天空是那样清朗，太阳明晃晃地照耀着，而从山谷里，又有阵阵大风吹起，阳光斜斜地照到对面的悬崖上，再往下，就看不到底了。要是能像鹰一样，直冲下去，估计非常壮美。

在印第安部落匆匆看了一会儿表演，和着他们的鼓声吃了一餐简单的午饭后，急急忙忙在一个大房子里排队等直升机。大厅里人山人海，都是来自世界各地的游客。因为我们是散客，不用排那么久的队，一会儿就轮到了。还分别称了重量，我们一家和两个欧洲的女游客被安排在一架飞机里。高大帅气的飞行员客气地引领我们上机。儿子年纪最小，就坐在副驾驶位上，他开心得小眼睛都快看不见了。直升机呼啸着大大的桨翼，停在那里。边上站着全副飞行服的飞行员，真像电影里一样。

上机坐稳，系好安全带，开始起飞了。和客机不同，它是后面先升起来的。飞行员很熟练地先盘旋了一下，然后就贴着地面，飞向峡谷。平时坐飞机，都在万米上空，所以看地面很模糊。这次离地只有几十米，每一棵树，每一只动物都看得清清楚楚。飞机在峡谷里慢慢下行，可以清晰地看到从寒武纪到新生代各个时期的岩层，层次清晰，色调各异。它们在这里伫立了一千万年，见证地球沧桑变化，注视着人类的发展。我们小小的直升机在这巨大的岩层前显得无比渺小，人类在大自然面前，是多么的微不足道！

飞机最后平稳降到谷底，我们沿着指示牌，走到河边，坐上汽艇，在大峡谷底部穿行。阳光在高高的峭壁上映出夺目的色彩，衬着蔚蓝色的天空，一切看上去是那样的干净纯粹。望着沟壑纵横的悬崖，仿佛看到一位经历了千辛万苦的老人。谷底的流水，就是它无言的长歌。而我朦胧的烟雨江南呵，此时此刻，是那样的遥远。

四

告别

拉斯维加斯后,我们直飞旧金山(San Francisco),这是美国太平洋沿岸仅次于洛杉矶的第二大港口城市,又称三藩市。十九世纪中叶在采金热中迅速发展,华侨称为"金山",后来为了区别于澳大利亚的墨尔本,改称"旧金山"。

《游客介绍》中说,有一种十七美元的车票,可以在一天内通坐所有的巴士。买了票等八十路车,可以直接坐到金门大桥(Golden Gate Bridge)。可是等了很久,八十路没来,十路先到了。看地图,也是往那个方向开的,所以二话没说,顺利刷卡上车。车子沿着朝阳中的城市行进,遍布街头的维多利亚式建筑、希腊罗马式的艺术宫,在陡峭精致的街道上,演绎着现代与古典的融合。

渐渐地,金门大桥就在眼前了,可是这时海上升起大雾,十米外一片白茫茫什么也看不见。就打算过了桥再下车,沿大桥走回去。不想车子一路顺着山势往前直开,没有停下来的意思。过了很久,才停在了一个小镇上。再走回大桥是不可能的了,只好先在这里逛逛,一会儿再坐十路车回去。

这是一个安安静静的渔港,岸边停满了各式各样的渔船,洁白的桅杆高耸成一片,在明亮的阳光下闪动着夺目的光芒。岛上依山而筑着无数两三层楼的小房子,房前花草芬芳,不时有海鸥在蔚蓝的空中飞鸣而过。站在海边,看着浓雾渐渐散去,可以远远地看到金门大桥鲜红的身影，真有一种出世的感觉。我们看了小船，拍了海鸥，再走回车站，还不到十点。路边的小店还没有开门，橱窗里展示着各种各样的手工艺品，都静静地散发着一种悠然的气息。真让人想不到，在这样的一个现代化的美国大城市里，还可以处处看到慢生活的点点滴滴。

再上十路车时，卡不能刷了。原来我们的卡是只能用于市区的车子的，十路算郊区车，回去的钱不够了。一家三口翻遍口袋，没有足够的零钱。这时，有同车的人很热心地帮我们换了整钞，才平安回到市区。要是坐上最初打算好的八十路，就不会有这样的事了，但就是因为阴差阳错，才能去到那样一个安静的小镇，才可以在一个无人的海湾，看着海面上的雾气在阳光中渐渐消散的呀。真所谓人生处处有惊喜。

然后我们去了著名的九曲花街，这是旧金山的一大特色。从浪巴街（Lombard Street）到利文街（Leavenworth Street）这一段是一个大下坡，市政当局为了防止交通事故，特意修筑花坛，车行至此，只能盘旋而下，时速不得超过五英里，这段街道因此有"世界上最弯曲的街道"之称。车道两边的花坛里种满了玫瑰，街两边家家户户也都在门口养花种草，花开时节，远远望去，犹如一幅斜挂着的绒绣，美不胜收，"花街"的美名，因此而来。

站在花街的最高处，可以看到下面热闹非凡的渔人码头（Fisherman's Wharf）。街边各式各样的商店鳞次栉比，路边郁金香开得正艳，到处有海鸥及鸽子飞来飞去。我们在三十九号码头享受了美味的午餐，是新鲜滑嫩的柠檬烤虾，以及口感醇厚的奶油蘑菇汤，盛放在一只大面包里。露天座位边有轻柔的音乐缓缓流淌，时不时有几只黑色的小八哥飞来餐桌。正午的阳光明晃晃的，映着那一大片蔚蓝的，看不到一丝云彩的天空，真让人流连忘返。

下午坐游轮，在海上参观了著名的金门大桥，那是美国旧金山的地标。金门大桥的桥墩跨距长一千二百八十点二米，是世界上第一座跨距超过一千米的悬索桥，宽度二十七点五米，双向共六条行车道，桥身呈褐红色，在灿烂的阳光下，雄踞海上，真是壮观。我们还参观了菱形海湾，看到了曾关押过钱学森的海上监狱、海湾大桥等。

下午回到市区，看到地图上，坐公交三十八路到海边的四十八街，可以看太平洋上的日落！于是在第二大街上了车，坐了差不多一个小时，沿着起起伏伏的街道，一直来到海边。太阳还没有开始落下，阳光依旧很热烈，有一种金色的光芒。路边一排排参天大树，深绿色的树叶在蓝天之下显得特别幽远。这天正好是美国的十四日，情人节。有很多人都来这里欣赏日落美景，他们有的三三两两，有的带着狗，沿着台阶一路往下，走向大海。海边礁石林立，海浪不断扑打着，涌起阵阵洁白的浪花。记得一位诗人说过，这世上还有什么爱恋，比得上浪花对礁石的痴情，一遍又一遍地重申：爱你，爱你。

渐渐地，日落西沉，阳光从金黄变得橙红，天空蓝得深邃，有淡淡的云彩，也被染成了红色，轻轻地依在天边。海鸥雪白的身影，在空中慢慢地成了一道深色的剪影，急速地划过。海面上波光粼粼，跳跃着金红色的斑点。太阳看上去小了很多，软软地，轻轻地亲吻着海平线。海风劲劲地吹过，带来清新的气息。终于，最后一丝光线也悄悄隐没了，深蓝色的天空中只有一抹血红的晚霞，还在展示着落日的余晖。这个情人节，没有鲜花，没有巧克力，却有着太平洋上的日落，成了最美的礼物。而那遥远的大洋另一头，我们的家乡，此时定有一轮红日正在冉冉升起。

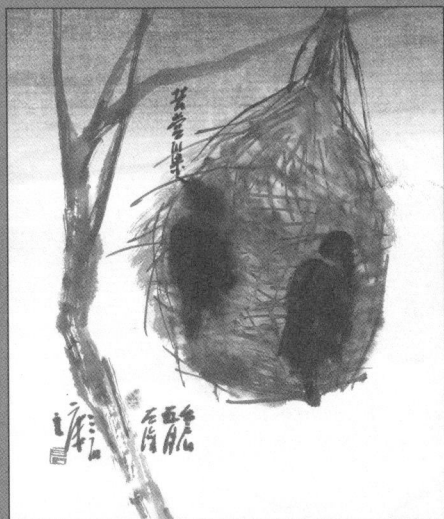

共营巢

草一团，枝一条，无限天地行将绿，春来共营巢。
风摇摇，叶萧萧，斜枕夕阳醉秋风，白首不嫌老。

看世界之加拿大

二〇一四年七月二十七日中午，历经十一个小时的飞行之后，终于抵达温哥华国际机场。和美国一样，阳光灿烂得让人睁不开眼，却并不炎热。天空没有一丝云彩，蓝得深邃而幽远，正午的太阳光倾泻而下，却又凉意袭人，有点杭州深秋的味道。

入住酒店放下行李，出门乘坐附近名叫"天轨（Sky Train）"的轻轨，先去了南部的素里（Surrey）看望友人。素里是个非常安静的小镇，马路上空荡荡的，偶尔几辆车子飞速地掠过，居然还遇见了一辆全电动的特斯拉。友人的家，就是自己心目中最想要的房子。小巧精致的二层楼，如童话般掩映在绿色丛林里。门口绿草如茵，大树撑天。后面还有一个宽敞整齐的花园，坐在柔软的沙发上，安宁而悠闲。没有熟悉的都市喧嚣，午后明艳的阳光在草坪上划出斜斜的影子，深蓝的天空传过大雁的清鸣。其实整个居民区，都是这样各式精美的小房子。让人觉得，这个在国内可以称为别墅的建筑，在这里就是普通的民居罢了。有些房子就建在一个小湖的边上，背后是一片一眼望不到边的树林。家家户户的房前屋后都种满了艳丽的花朵，看到有人走过，还会微笑着举手致意。

和当地的华人吃了一顿丰盛的中国大餐后，驱车到了白石镇（White Rock），欣赏海上日落。因为纬度很高，太阳直到晚上九点才下山。让这第一个黄昏，在海边，在林中，在街头，都显得特别从容。

二

记得十九岁时，定居温哥华的舅舅曾经帮我申请去哥伦比亚大学读书。当年懵懂的年纪，对 UBC 的赫然名气还不曾在意过。后来签证没有通过，也就如获大赦般的留在故乡，继续依恋在父母跟前了。而那张如今想想十分难得的入学通知书，早已消失在青春的岁月之中了。

多年后的我，和老公儿子，终于真正踏入 UBC 的校园。蓝天白云，清澈的海水，还有那爬满了常春藤的教学楼，想来和二十多年前，应当没有什么两样吧。阳光热情地铺泻而下，道路两旁绿树成荫。地上还随意摆放着十多个巨大的白色袋子，有学生三三两两，或坐或躺在上面看书。开始还以为是装修用的沙袋散落了满地，上去一摸，才知道里面装的是水，供人们在灿烂的阳光里，清清凉凉地休息、阅读。

漫步校园，仿佛走在时光的长廊，俯首皆是岁月的痕迹，却又处处充满了勃勃生机。不必说那些青春亮丽的脸庞，活力四射的人群，这是所有不老校园里的精魂。也不必说那百年前的玫瑰园，依旧如此精致动人地开放在滨海边，早已成了一个标志。更不必提起那栋路边小小的二层楼，不高的墙面上，错落地布满了两种色彩的常春藤，仿佛时时提醒着，这是时光的堆积，是生命的延续，更是这个百年名校里，最常见的景致。

最让人印象深刻的，是一条不知名的小路边，生长着一棵巨大的柳树。这是中国江南才有的柳树，却早已脱去了南方小鸟依人的秀美，显示了一种超然的大度和气概。它的身躯估计要十个人才能围得起来，大约有六七层楼那么高，庞大的树冠撑出一个近百平方米的绿荫。盘虬的树根，在地面上形成了一个高高的隆起，裸露的部分如假山一般高低错落。而这上面，就坐着三五学子，正在那如华盖似的树叶丛中，宁静地阅读。儿子看了感叹道，原来《庄子》里说"其大蔽数千牛，絜之百围"是真的！

八十高龄的老父说起UBC，早已经不再记得这个十多年前他讲学的地方，却唯独对这一棵大树，记忆犹新，不能忘却。我不知道它有多老了，也许在这个大学刚成立时就已经生长在这里。它不能算稀有，更谈不上名贵。可是每个经过的人，都会由衷地赞叹它的伟岸。它无言地挺立着，是沧桑时光的象征，更是历久弥新生命力的代表。

其实在加拿大，随处可见这种古老而又鲜活的生命力。斯坦利公园里成片的巨大树林，如高高的屏障，将外界的喧嚣轻松地隔离。而林中芬芳青翠的草地上，又开着繁星似的小小花朵，有孩童清亮的声音，如小鸟般划过天空。在温哥华北部的Butchart花园里，还和一百多年前一样开放着数不清的各式花朵。可以想象当年穿着维多利亚式长裙的女子，也曾经款款走在这样的石板小路上，而灿烂的阳光下，也同样有勤劳的蜜蜂在花丛中飞舞。

花香袭人，绿树葱茏。岁月，其实从不曾流逝。

三

温哥华

北部的惠斯勒（Whistler），是一个仅有三万平方公里，常住人口还不到一万的小镇，却因了它世外桃源式的自然宁静而被誉为小瑞士，更以它那北美洲最大面积的高山滑雪和山地自行车场地而举世闻名。

一路驱车上山，没有都市的喧嚣，没有现代的繁华，有的只是悠闲自在的情调。因为是夏季，没法滑雪，只好乘坐水上飞机，在空中鸟瞰那千年积雪。水上飞机和电影中看到的一样让人欣喜。那些停泊在码头的，像一只只气定神闲的大鸟，等待着起飞；远处水面上冲天而起的，如同孩子奔向母亲怀抱一般，急切地飞向蓝天，自在翱翔。而远远的，看到一个小黑点盘旋变大，最后滑行在平静的湖面，那是归航的喜悦。

坐在湖边等着起飞。小小的木质码头上，阳光明媚，明晃晃的让人睁不开眼，却并不炎热，温柔得像一张无边的绒毛毯子。而时不时迎面拂来的微风，清凉地吹来远处白雪皑皑的高山气息。湖水清亮，想必是山上的雪水融化汇聚而成的，映衬着蓝天，艳丽得让人难以忘怀。没过多久，一架明黄色的小飞机缓缓驶来，还没停稳，从上面跳下来一位高大帅气的黑人飞行员。他站在飞机前，向准备上机的七八个乘客介绍自己，讲解注意事项，并帮助每个客人安全上机。

飞机不大，只能坐十人左右。上机后，除了常见的安全带，每人还发了一个耳机，一方面是保护耳朵，另一方面也是让大家能在马达的轰鸣声中，清晰地听到司机的讲话。一切都准备就绪后，飞机就起飞了。和普通飞机一样，它先在水面上滑行一阵子，然后头向上先离开水面，最后整个湖面就展现在眼底，如同一大块碧玉，还可以看到飞机小小的影子，投在水波荡漾的湖面。

渐渐地，越飞越高，可以看到广袤的原始森林，无边无际的针叶林漫山遍野。飞机小小的影子，如同一只小黑鸟，在林中掠过。我们看到溪水流过的痕迹，看到细如线条的小路，还有几个湖泊，像一块块美玉，穿在林间。而最后，看到了雪山。

这是太平洋海岸山脉的一部分，山顶常年积雪，在阳光的照耀下，闪烁着耀眼的光辉。山脉向南的部分，积雪稀少，露出一条条深色的山脊，而背阴的地方，却是一片雪白，像一块被切了好几刀的巧克力奶油蛋糕。山顶陡峭难行，没有任何动物的足迹。积雪还是保持着它初来的样子，没有凡尘侵扰，没有车轮碾轧，没有足迹践踏。洁白如新，不会变黑，不必被清扫干净，不必被做成各式形状供人拍照取乐。若是落在南面，此时早已化成水汽升向蓝天。要是落在北面，此时正静静地躺在去年的积雪上，等待着来年的同伴。

从飞机的窗口望去，这些积雪是如此近得触手可及。可是我终究还是不知道它们是软是硬，要是踩上去，会不会咯吱咯吱地响。阳光毫无阻挡地倾泻而下，我只知道，它们就在这里，映衬着蓝天，闪烁着几百年来不变的光芒。质本洁来还洁去，这，是不是所有雪花的终极梦想呢？

下了飞机，最后在美丽的惠斯勒小镇午餐。沿街种满了各式鲜花，还有鳞次栉比的小店，琳琅满目的商品，以及阳光下身着艳丽服装的各国旅客，让这个小镇，成了色彩的海洋。而远处，瓦蓝的天空下，那一抹耀眼的雪白，恒久无言。

四

多伦多 的第二天，也是这个假期的最后一天。先去了著名的尼亚加拉大瀑布 (Niagara Falls)，这个美洲大陆最著名的奇景之一，与伊瓜苏瀑布、维多利亚瀑布并称为世界三大跨国瀑布。它位于加拿大和美国交界的尼亚加拉河中段，是尼亚加拉河跌入河谷断层的产物。尼亚加拉河是连接伊利湖和安大略湖的一条水道，仅长五十六公里，却从海拔一百七十四米直降至海拔七十五米，河道上横着一道石灰岩断崖，水量丰富的尼亚加拉河经此，骤然陡落。

我们先上了一个塔楼，从高处鸟瞰瀑布全景。瀑布以河床绝壁上的山羊岛 (Coat Island) 为界，美国的那部分，是常见的笔直悬崖，瀑布如帘，奔腾而下。站在岸边，可以清晰地看到对面的美国游客，在水雾中穿行。而加拿大瀑布则更为雄伟壮观。它相隔了几百米，从一个巨大的 U 形山崖上冲泻而下。雾气弥漫中，一艘三层的游艇，宛如一只小玩具般在水面航行。

接着我们来到岸边，近距离感受大自然的壮丽。水声隆隆如万马奔腾，河面升起巨大的水雾。远远地，看到很多人要不身穿雨衣，要不撑着大伞，看看天空只是阴云厚重，并没有下雨。不禁诧异，这是为何呢? 不久走到岸边，才知道，只要有风吹过，瀑布溅起的水汽，就会时不时飘来，就像下了一场大雨。而在这彤云厚重的天空下，茫茫的水雾中，海燕像一个个不朽的精灵一样自由穿梭。

最后，我们坐到轮船上，和瀑布亲密接触。上船时，每人发了一件红色雨衣。后来驶近瀑布时，强风挟带水汽，如暴雨倾盆，雨衣果然有用！越近瀑布，激起的水花越高，船只在水面颠簸，更兼豆大的水滴疾风骤雨似的往身上扑来。好多人都不得不转过身，背靠船舷来抵挡这自然的威力！这时，眼都睁不开，只听得耳边水声雨声尖叫声，声声鼎沸。下船后，鞋袜全湿，头发滴水，个个都像经历了一场逃难，却人人兴奋不已。

下午，我们在加拿大最美的村庄午餐，并参观了葡萄酒庄园。在经历了这样惊心动魄的瀑布洗礼之后，如此宁静美丽的地方，如童话般让人流连。

五

下午四点多，多伦多地铁里空空荡荡的，每节车厢都只有稀稀拉拉几位旅客安静地坐着。在 Queen 站停稳后，车门刚打开，就一下子涌进来七八个年轻人。他们穿着周日游行的服装，嬉笑着，谈论着，如同一道彩色的洪流，注入宁静的港湾。

其中有一个胖胖的黑人姑娘，小小的比基尼根本遮挡不住她丰满的身躯，腰腹部的赘肉更是随着她大声的谈笑而抖动。她没有光滑的肌肤，毛孔粗大，脸上还有好多青春痘；也没有波浪似的柔美长发，只是胡乱地扎了个马尾。但是她快乐而自信地和朋友们开怀大笑，兴奋时还高举双手拍出节奏，同时肆意地扭出一种舞蹈来表示她的愉悦。

所有的人都注视着这一群年轻人，感染到他们的活力和青春。黑人姑娘看看车厢很空，于是就从这头边跳边跑到另一头，和每个座位上的男士都拍一下手。大

家都伸出手来,等着她跑过时好拍一下。车厢里一时欢声笑语,热闹非凡。她看到我那十五岁的儿子害羞地没有伸出手来,一点也不介意地拉起他的手,用力拍一下,然后跑到下一个人面前去了。

她肥硕的身体跑过时带起一阵风,她快乐的声音如同乌云镶上一道金边。没有人觉得她胖得丑,没有人看不起她粗糙的肌肤。她的自信也不完全只是因为她的青春,那是一种发自内心的开朗,一种接纳自己缺陷的大度。

其实有几个人是真正长得千娇百媚、倾城倾国的呢。大部分时间,都只是无可奈何地承认自己的不美、不够好罢了。什么时候,能熟视无睹地将自己的缺憾放开,接受一个不完美的自己,并且接受不完美的别人,那么真心的笑容,才会如花开放,而这个世界,才会真的显出姹紫嫣红的原样来。

未了意

一杯清茗半世缘
一本好书半日闲
此生尚有未了意
一间农舍半亩田

看世界之澳洲行

一

二〇一五年七月二十四日晚八点坐上澳洲航空的航班，经历基本无眠的漫漫长夜，终于在黎明时分，看到渐渐泛蓝的天空，以及大片纯净的澳洲雪原。那样洁白而茫茫无边，让人心绪平静。

到了悉尼，这种纯净的感觉一直萦绕于心。且不说那明净的天空，干净得仿佛一块蓝宝石的海水，就是离酒店不远的圣玛丽亚教堂里，传出弥撒的歌声，穿过古老的教堂窗棂，飘散在瓦蓝的天空里，还有洁白的海鸥轻轻掠过。这样的宁静美好，让人难忘。

中午时分，来到著名的悉尼歌剧院。照片里洁白如玉的贝壳，原来并不是纯白色的，而是有些米黄，光滑得像琉璃瓦一样，并且紧密相连，这样才能在阳光下闪耀着夺目的光芒。是天空中降落的一朵白云吗？是雪原上凝结的一片冰晶吗？是大海里驻足的一只贝壳吗？如此的纯净，才会让整个世界都为之动容吧！

下午坐渡轮在悉尼湾游览。冬日的阳光明媚灿烂，天空中没有一丝云彩，街道安静清洁。所有的一切看起来是如此美丽祥和，岁月静好。

二

澳洲是考拉和袋鼠的故乡。在美美地睡了一个大懒觉后，坐渡轮到悉尼湾对面的 Taronga 动物园。

今天依然是个艳阳天，不过风很大，吹得海水波涛翻滚，看上去比昨天风平浪静的海面颜色更深邃了。天空中白云片片移动，海鸥上下翻飞，不时有快艇在海面划出洁白的线条。远处耀眼的歌剧院，还有鳞次栉比的高楼，都闪耀着动人的光芒。在这样明媚艳丽的海边，常常会想起故乡的西湖，想起那淡淡山水之间的含蓄秀美。

动物园一如既往地热闹。在孩子群中看到了酣睡的考拉，正在吃草的袋鼠，走得飞快的奇怪乌龟，还有听话的大象。所有的一切都在意料之中，只有路边开了一树黄绿色花朵的不知名树木，那样艳丽奔放，阳光下焕发着夺目的光彩。长风吹过，满树的花枝摇曳起舞，仿佛可以听到它无声的长笑，让人难忘。

回到酒店已近傍晚，休息的时候才想起来看看旅游介绍。上面说有一个地方叫 The Rock Market，只有周末才开，一条街都是各式手工制作。跳起来就往街上跑，好不容易打上车赶到那里，居然正在收摊！早知如此，昨天晚上应当看好路线，今天下午从动物园回来就直接去的！

好在最后还是找到一个手工制作的小店，买了一个原木大果盘，一路拎回来。经过金碧辉煌的维多利亚大楼，明亮现代的苹果专卖店，都比不过那个厚重的大木盘！

三

今天是在悉尼的最后一天。早上起来,在房间里又是烤比萨又是微波炉加热土豆泥,吃了一顿丰盛的早餐。窗外湛蓝的天空下,灿烂的阳光铺泻着,树枝在劲风中飞舞。

退了房间,寄存好行李,到附近的海德公园散步晒太阳。绿草茵茵,一些不知名的大树参天而立,树影婆娑,真像是杭州的秋天。路边鸽子海鸥无数,也并不怕人,悠然自得地打着盹。

走过海德公园,又去了边上的教堂,欣赏漂亮的彩色玻璃绘画,看英俊的神父弹奏管风琴。不久以后,我们就会离开,再次相逢的机会几乎是零。不记得佛说修炼多少年才能有一面之缘,但是那些路边的风景,迎面而来的陌生人,以及蓝天白云下的凉爽长风,纵使擦肩而过,在以后漫漫回忆里,也是绝美的风景。

晚上到达布里斯班,在一家小小的日本餐馆吃了一碗乌冬面。返回酒店的路上,给在杭州的老父打电话,因为他明天出发去贵阳了。电话里传来熟悉的声音,衬着璀璨的灯光,感觉距离再远,都是天涯若比邻啊!

四

黄金海岸一直以来都闻名遐迩。今天一早出发,坐地铁换公交,终于在午餐时分到了黄金海岸的海洋世界。

阳光依然灿烂,难以置信的明亮美丽,而温度并不高,有清冷的大风一阵阵呼啸而过。天空蔚蓝得像一个最初的梦,无瑕地铺陈着,却又遥不可及。到处都有洁白的海鸥和灰黑色的鸽子,在头顶掠过时还带起一阵清风。

海洋公园其实不值一提，所有的玩意儿都早在意料之中。只不过是因为自己不知道路程，就从那里出发罢了。出了公园，过条街就是海边，真正的黄金海岸，那是怎样的风景啊！

还没走近，就听到涛声阵阵，热烈却不烦躁。越近声音越响亮，海风也更强劲。终于走到沙滩上，细沙温柔地包围了双脚，缠绵不绝，每走一步都仿佛是一次告别。而海面，是如此深邃的蓝色，映衬得瓦蓝的天空都显得浅色了。阳光照耀下的浪花，在深蓝色的海面上白得耀眼，层层不绝，熠熠生辉。

海风如同一个快乐的孩子，兴奋地奔向大海。没有海腥味，没有城市里机器的气息。天边不见一丝云彩，半轮月亮淡淡地挂在不远处那棵椰子树的上空。所有的一切都纯净自然。曾经在普陀吃过海鲜，在新加坡玩过沙堆，在旧金山看过日落，在温哥华看过晚霞。而今天的布里斯班海边，是最适合静静地坐在那里，什么也不想，什么也不用说的。

五

澳大利亚的最后一天。早上走过熙熙攘攘的集市，蔬菜水果摊和国内没什么不同，只是非常干净整洁，没有菜市场里那种熟悉的味道。

是的，在澳大利亚，最不寻常的事情，就是没有气味！坐船畅游布里斯班河，阳光普照的河面，清澈宽阔，船尾激起洁白的浪花，也没有海港或码头的那种腥味。更不用说参观昆士兰大学，逛植物园，或是下午的购物了。没有汽油味，没有海腥味，只有清爽的风，以及蔚蓝天空下灿烂的阳光。

植物园里没有什么奇珍异宝的植物，但是都欣欣向荣，开着满身的鲜花。路边也是如此，高低错落，无论是阔叶的树木，还是缠绕的藤蔓，无论是艳丽的花朵，还是大片翠绿的叶子，都各有特色，都散发着诱人的活力。

就像这个国家一样，到处是各色人种，黑白红黄高矮胖瘦不尽相同。但是只要健康，就自然而然焕发着勃勃生机，带给人无限快乐和活力，就是一种夺目的美丽。黄昏时分，酒店楼下的木质长椅上，一位波西米亚裔美人静静安坐。斜阳似水、美女如画，这样一种安详的美丽，跨越国界，突破种族，是一种极致的优雅吧！

六

时差的关系，大清早从布里斯班出发去机场，到达新西兰的皇后镇，已经是下午四点了。一下飞机，扑面而来清冽的冷风，远处山顶上皑皑积雪，都无言地证明冬天的存在。

酒店依山而筑，像一幢幢小小的别墅。房间里应有尽有，还有全套厨房设施。顶着寒风出去吃了晚餐，回来的路上居然发现一家乐购超市！买了米回来，用电磁炉慢火煲了一锅粥。

华灯初上，从宽阔的阳台上看出去，四野寂静，远处灯火璀璨，一轮寒月高挂。这样的美景，真可以慢慢坐着，喝一杯好茶细细品赏。可惜室外气温只有两度左右，所有能穿的衣服都在身上了，还是抵挡不住寒气袭人，只好早早躲在被窝里了。想起高温的杭州，真是冰火两重天啊！

七

早晨　六点半起床，相当于杭州的凌晨两点半！八点出门时，天都还没亮，四野寂然，寒风刺骨。

坐上当地的旅游车，导游热情且客气，看上去很像"霍比特人"中的SAM。车子驶出了皇后镇，才看到远处雪山顶上一抹粉色的朝霞。沿路衰草连片，结着冰霜。渐渐地，天空显出了淡蓝色，太阳从浅灰色的云层里透出光彩，雪白的山峰映照着金色的朝阳。山坡上有黄色的枯草，深绿色的针叶林，而最近的那片湖泊，则是一片让人心醉的蔚蓝。

太阳慢慢升起，大片大片的草原上成群结队的是黑色的牛，黄色的绵羊，还有黑白相间的野鸭缓缓飞过。所有的色彩都如此斑斓，鲜明而又纯洁。这就是世界最初的色彩吧！

八

皇后　镇的最后一天，也是这个假期的最后一日。昨晚半夜里下了一场小雨，早上起来发现马路湿润，空气中充满着清新的味道。远处雪山上云雾缭绕，海浪一阵阵拍打着堤岸。上午乘坐1912年首航的蒸汽邮轮，在百年老船上看远处的高空滑翔伞像一只大鸟般盘旋。然后登上农庄，参观绵羊剃毛，牧羊犬赶羊，并亲手喂食绵羊。边上还有一对草泥马，温顺可爱。

烧烤自助餐设在一个红色房顶的美丽屋子里。吃的都是农庄里自己生产的食物，除了新鲜，别的也不值一提。难忘的是那里安静纯粹的环境，所有的动物都不怕人，在午后的阳光下，见人走过，只是挪个位置继续打盹。

下午就去机场回国了。行程将近十天，大部分旅途都是慢慢走慢慢看，正衬着澳洲的蓝天白云，仿佛回到了世界最初的样子。

只如初见

倘若人生只如初见
这早春里温暖的阳光
空气中淡淡的青草芬芳
你抬头的这一瞬间
早已成为我生命中的永远

倘若人生只如初见
纵然流光飞逝
我已步履蹒跚
但是如潮水般侵袭我脑海的
依然全是属于你的缠绵
而我昏花的老眼呵
是如此清晰地看见
我们初相遇时的甜美眷恋

看世界之英伦行

一

今年是二〇一六年了。记得十五年前，老公出差英国。那时候儿子才两岁不到，老公带回来一条淡绿色的背带裤，小家伙穿着没走几步，就翻倒在植物园路边小沟里。今天，我们全家出发去英国旅游，儿子已经十七岁，快和爸爸一样高了！岁月有痕，平静美好。

伦敦第一天。当地时间早上六点半到达 Heathrow 机场。清晨的寒风仿佛把人一下子带到深秋。那遥远而炎热的杭州啊，成了一个记忆中的仲夏之梦。

每次出去玩，都坚持坐公交，不打车。伦敦的百年地铁，真是让人叹为观止。这是世界上最早的地铁系统，犹如一张巨大的地下蜘蛛网，覆盖了城区的所有地面。车厢老旧但很干净，沿着铁路线，密密麻麻的电线整齐排列在古老的围墙上，没有像别的国家那样埋在地下或墙体中。铁路线四通八达,换车变成了一件技术活,父子俩研究很久,才终于没有坐上相反方向的车次。

入住酒店放下行李,开始去玩。穿过门口的海德公园,参观白金汉宫,然后沿着泰晤士河散步,看了大本钟和伦敦眼。不过最开心的,还是在海德公园里。天气凉爽,清风徐来。公园里三三两两的人们,或喝咖啡,或是遛狗,闲适而优雅。公园很大,却没有太多的人工痕迹,湖面上群鸟戏水,草地上小狗撒欢。一位父亲带着宝宝坐在路边椅子上,有风吹过,早落的黄叶如雨而下,衬着碧绿的草地,恍如仙境。在这样的美景中,一边吃着冰淇淋,一边和父子俩有一搭没一搭地聊天,真是虽南面君而不易也!

二

第二天,大英博物馆日,这是每个博物馆工作人员心中的朝圣之地。清早起来,搭地铁,再慢慢散步到博物馆门口,离开馆居然还有一个多小时。朝阳下的博物馆,显得格外肃穆庄严。

十点开馆,太阳已经升起得很高了。进入大厅,阳光从巨大的玻璃穹顶上洒落,白色大理石建成的展厅明亮而美丽。展厅很多,将近九十个,分布在上下四层。中心广场上是各式书店、礼品店,以及咖啡店、面包店。

展厅太多太大,不能一下子全看完。一家三口脖子上挂着解说机,各看各的去了,约好每两小时聚一下。藏品太丰富了,展厅里都摆得满满当当,墙上也都挂满,就像一个个巨大的仓库,每一个展厅,都有在里面待着不出来的理由。

因为特别钟爱古希腊和古埃及的文化,所以差不多一天的时间,都花在一楼和二楼。三楼的艺术与绘画,没有时间去参观。其实每一件展品,都历经千辛万苦,它们穿过战争的炮火,走过政治的尘埃,经过岁月的沧桑,才最终展现在眼前。

很多展品,以前当然是不属于英国的,甚至是不属于欧洲的。因为种种原因,现在陈列在了大英博物馆。从原来的所属国来讲,肯定是一件伤心的事情。但是从全人类的进步来说,博物馆花费大量财力物力人力,研究保护和传承这些人文遗存,也是功德无量。

三

第二天,一个刺激的时空之旅。出发前预订了当地的旅行社,早上大巴到旅馆来接了出发,十分方便。导游是个高瘦的黑人老伯,温文有礼。

第一站是温莎城堡(Windsor castle)。这是一个有着近千年历史的古老建筑,至今伊丽莎白女王还会经常光顾。第二站就是著名的巨石阵(stonehenge)。它由巨大的石头组成,每块约重五十吨。约建于公元前四千年至公元前两千年,是欧洲著名的史前时代文化神庙遗址。最后去了巴斯(Bath),一个人口不足十万的美丽小镇。罗马人最早在这里发现了温泉,兴建了庞大的浴场,如今的古浴场遗址是英国古罗马时代的遗迹。

一天都在古迹中穿行。最难忘的,不是它们本身,而是边上生长着的茂密草木,美丽鲜花。生命一代又一代,依着自己的规律而蓬勃,这才是最重要的。

四

第四天,剑桥日。早上坐地铁再换乘火车,一路向大学城驶去。四周的平原宽广而美丽,缓缓起伏,黄绿相间的草坡上,常常看到大片大片的紫色野花,在窗前一掠而过,如同一抹亮丽的朝霞。

剑桥大学(University of Cambridge)始建于一二〇九年,

是著名的公立综合研究型大学。小时候常读到徐志摩的《再别康桥》,挥一挥衣袖,不带走一片云彩。如今真的踏上了这片令人仰望的土地。

第一个到达的地方是数学桥。然后沿着 Silver Street 慢慢散步。古老街道两旁都是让人肃然起敬的建筑和学院。很多都是在十三至十四世纪建成的。它们各自有着独特的气质,散发着那个时代的气息。唯一相同的地方,是外表的沧桑和沉静,以及依然焕发着的勃勃生机。

所有的建筑都是现在正在使用的,常可以看到几位学者模样的人进出。窗台上摆满鲜花,连围墙里面都种满了各色植物,小院里芳草如茵,道路干净整洁。一个地区,如果愿意花几百年的时间,来维护修缮一些建筑,而不是简单地推倒重建,并善于利用这些文化古迹,这样的底气,才自有一种风雅! 这是一个沉淀了几百年的智慧殿堂,一首被精心保护的建筑史诗,一块生生不息的精神宝地。

五

第五天。早上先去了利兹城堡(Leeds Castle)。这是位于一个秀美小湖中央的优雅城堡,在十三世纪就成为皇家别墅。历代新任国王都把它作为礼物送给王后,所以也称为女王的城堡。到达那里时刚好起风了,吹散连绵几天的阴雨。淡淡的阳光洒在碧绿草地和清澈湖面上,有孩子在花丛中嬉戏玩耍。那清脆的欢笑,让这个最早建造于公元八五七年的古老建筑,焕发着青春光彩。

然后驱车来到离欧洲大陆最接近的地方,多佛白崖(Dover)。这是一片长达五公里的白色悬崖,由细小的海洋微生物从白垩纪开始沉积而成,距今有一亿三千万年的历史,被认为是英格兰的象征。最高点有一百五十米高,十分壮观。

下午参观了最古老的教堂——坎特伯雷大教堂 (Canterbury Cathedral)。它建于五九七年，从中世纪开始就成为英格兰基督教信仰的摇篮。高大狭长的中厅，高耸入云的塔楼都表现出哥特建筑天父式向上飞腾的气势。而东立面又体现了雄浑沉厚的诺曼风格。傍晚时分，在泰晤士河上坐轮船回去，金色夕阳下的伦敦桥，显得格外引人注目。

这一天也都在古迹中流连往返。无论多么辉煌的事物，多么深刻的痕迹，都会在时间的流逝中显现出古老的沧桑。而这几天最让人感动的，是千百年来人们对生活的美好向往，对生命的尊重和热爱，才让这些古迹，千年不老。

六

伦敦

最后一天，逛街！走过高耸入云的伦敦桥，巍峨雄伟的伦敦塔，戒备森严的唐宁街 (Downing Street)，还有古老辉煌的西敏斯大教堂 (Westminster Church)，参观了妙趣横生的科技博物馆，最后逛了百年老店哈罗德 (Harrods)。和男人逛商店的无趣，不一而足，更何况是父子俩！

最感慨的，是在巴宝莉店 (Burberry) 里，看到一款帆布包。一直都喜欢帆布包，喜欢不带反光的宁静，喜欢那种朴实的柔软，喜欢它随遇而安的样子。眼前的这只，小巧精致的筒形，没有多余的花边和口袋，简单大方。那艳丽而不俗气的茜红，边上皮质的流苏装饰，都仿佛一位美丽而又倔强的少女，一心一意想要背着包去流浪。

那就是一直以来年少时候的梦想啊！可以想去哪里说走就走，有些孤单有点寂寞，更多的是年轻的骄傲。可以吃苦可以随意，而心底深处，总有那一抹艳红的浪漫，几分流苏的童真。站在包包面前，仿佛一下子看到了从前的自己，看到了那从未实现过的梦想。如今上有高堂健在，下有孺子垂耳，中间还有那相随半生的人儿，一无所有的流浪，是不可能也不会的了吧！

最终还是没有买下它。那是一片从前的云，偶然飘荡在我中年的天空。让它在伦敦街头精致的货架上沉睡吧，总会有一双年轻的手将它捧起，总会有一个不羁的青春，让它如花绽放。

七

凌晨三点起床赶飞机，终于在朝阳初升时分来到爱丁堡。这个一三二九年建市，自十五世纪以来就成为苏格兰首府的古老城市，早已被联合国教科文组织列为世界遗产。

下了飞机，寒风刺骨，间杂蒙蒙细雨。有轨电车在开着白色小花的草原上掠过，铅云低垂，与青黄相间的广袤大地在远处淡淡融合，有一种深秋的气息。

下榻的旅馆位于老城的中心。地图上看很近，开始却怎么也找不到。眼看就要到了，一下子又走过头啦！后来才明白这个老城依山而建，高低起伏很大，所以道路有上下两层，旅馆在下层。从上面走过了，要绕到下层才行。

在旅店放下行李，出去看城。参观了最著名的爱丁堡城堡(Edinburgh Tower)，圣吉尔斯大教堂(St. Giles' Cathedral)和苏格兰国家博物馆(National Museum of Scotland)。这是一座已经被旅游化的城市，到处是摩肩接踵的游客，鳞次栉比的商店。一座城都是古迹，却没有维护得像伦敦那么好，很多墙体颜色发黑，小巷子破烂肮脏。古迹的壮美，似乎更凄凉地述说着从前的辉煌。

今天是周五，黄昏时分，在古城中心的皇家一英里大道上，到处都是各式艺人在街头表演。魔术、杂技、歌舞、行为艺术等等，短短的街道上游人如织，欢呼鼓掌声此起彼伏。不知为何，却总给人一种末日狂欢的悲凉感觉。下午太阳出来了，夕阳下，大教堂金色的尖顶闪闪发光，一位老艺人，盘坐地上，弹

奏着古老的苏格兰民谣。那忧郁苍凉的旋律，和着远处绵长
悠远的苏格兰风笛，让人久久不能忘怀。

八

爱丁堡

第二天，也是这次旅行的最后一
日。前些日子都是在人文历史中穿
行，今天，是彻彻底底的自然之旅。

早上坐当地旅游团的大巴，穿过苏格兰高地，来到尼斯湖
畔 (Loch Ness)。这个风景如画的狭长的淡水湖，以水怪的未解
之谜而闻名于世。坐上游轮在清澈寒冷的湖面畅游，当然没有
看到水怪，但是岸边古迹、瀑布，以及美丽宁静的村庄，都让人
流连忘返。

是的，宁静美丽，苍茫悠远，是苏格兰高地最突出的特质。
起起伏伏的山坡上散落着洁白的羊群，间或有棕色的马匹和高
大的牛群。天气忽晴忽雨，雨停的时候，耀眼的阳光从云朵的缝
隙里金光灿烂地投射下来，仿佛是天堂开了一扇窗户。大巴一路
播放着苏格兰风笛演奏的乐曲，那嘹亮高亢的声音，可以在这样
的旷野里传得很远很远，和中国的唢呐有几分相似。它们看似粗
犷有力，其实饱含苍凉与感怀，就算是最欢快的乐曲，也掩不住
音色中的无限忧郁，正如这经历了战争与动荡的土地，最终获得
平静和安宁。

从高地下来的一个湖边，面朝湖水有一幢小房子。那是怎样
的一栋童话故事里才有的房子啊！小小的两层楼，用木栅栏围了
一个大院子，里面鲜花如锦，绿草茵茵。围栏边上，还停着一辆
自行车。不由得想起海子的诗：面向大海，春暖花开。如果他真
的看到了这样的房子，会不会泪流满面，会不会有勇气面对现实，
会不会坚强地活下去呢？

无论如何，我还是会高兴地回到炎热的杭州，在烈日下，回
忆起这里凛冽的寒风。再见，英伦半岛！

三月里

三月的阳光明媚
草地新翠
三月的轻风和暖
浮云如贝
三月的妈妈是朵白玫瑰
在小黑的心里沉醉

北台峰顶

九月抽空去了一下五台山。说不尽的寺庙重重，宝刹庄严。香烟缭绕，钟鼓悠远。下午，坐车上了北台。

北台顶，亦名叶斗峰，海拔三千零五十八米，是五台山诸峰中的最高峰，也是华北地区的最高点，素有"华北屋脊"之称。

时值仲秋，山脚下花木丛生，芳草萋美。午后的阳光热烈地挥洒下来，只能在树荫下才有一点凉意。沿山路往上，渐渐地，看到了山坡上白杨树金黄色的叶子在秋阳下亮得透明，有风吹过，叶子纷纷扬扬飞落下来，就像下了一场落叶雨，但又比雨滴飘洒而优美。

随着山势越走越高，路边慢慢地只有一些松树了，剩下的都是大片草甸，在强劲的山风中匍匐生长。山路曲折而险峻，每一次弯道都是车技的炫耀。而远方蜿蜒的小路、窗外瓦蓝的天空、起伏连绵的太行山脉，都是一幅幅壮丽得无法形容的美景。

最难以忘怀的，是接近顶峰处的山坡。怪石嶙峋，没有一棵树木，全是贴地生长的苔藓类植物。九月的下旬，山顶已是一片隆冬景象，看不到一点绿色。阳光明晃晃地照耀着，枯萎的叶子有一种流光溢彩的辉煌，衬托着那蓝得不可思议的纯净天空和清晰可辨的天际线，让人油然产生一种亘古久远，地老天荒的感觉。

到了山顶，空气清冽寒冷，风大得要把人吹跑。不敢站着拍照，只怕一不小心手机就吹没了，只能趴在地上拍了几张。这时，和地面的植物才有了近距离的接触。它们都早已干枯，但是那一根根高高飞扬着的孢子体，证明着它们曾在水汽丰满的夏天里生长过的快乐。它们必定也在雨中喧哗过，在风中舞蹈过，在阳光下孕育过自己的后代。如今一切已然安静，但是那满山的衰草，那强风中根根抖动的、长长的风的线条，都是它们生活过、存在过的痕迹。

记得几年前，在加拿大温哥华北部的惠斯勒（Whistler）山顶上，看到过千年不化的积雪，上面没有任何动物的足迹。积雪还是保持着它初来的样子，没有凡尘侵扰，没有车轮碾轧，没有足迹践踏。洁白如新，不会变黑，不必被清扫干净，不必被做成各式形状供人拍照取乐。它们就在这里，映衬着蓝天，闪烁着几百年来不变的光芒。如今这满目草甸，也是天生天化，没有除草剂，没有割草机，极少有动物或车轮的践踏。它们随风而散，落地生根，在高山之巅尽情享受生命的无拘无束。这，是不是所有草根的终极梦想呢？

下得山来，依旧人声鼎沸，香火旺盛。但其实，所有的启示，都在那天际的一抹衰草。天地之大，每一个生命，没有高下之分，没有贵贱之别。肆意汪洋，自由自在，就是生命的真谛。

恋歌

天空太小
容不下所有的星星
所以它们
闪烁在你的眼睛

树林太小
盛不下所有的花朵
所以它们
开放在你的心灵

我的胸怀太小
放不下整个的你
所以这个世界
到处是你的倩影

说茶

一

老父

嗜茶，尤好绿茶。所以家里少不了大大小小各式各样的茶罐，我也是在绿茶的滋养下长大的。

父亲喝茶，喜欢用洗得干干净净的白瓷杯。先用温水冲一下杯子，然后用一只木勺子取出适量茶叶，倒半杯水晃一下，迅速把水倒掉，谓之洗茶。再用刚烧滚的沸水，从高处注入，只要倒入三分之一的水就行了。要是把水注满，水温太高，茶水就黄了。

看那扁平的茶叶，在沸水中慢慢舒张，新茶的绒毛缓缓浮起。水汽氤氲中，有淡淡茶香，水色也渐渐变绿了。当茶叶几乎完全张开时，就可以把茶杯注满水了。那些曾经是早春的新叶，如今在沸水里上下翻动，伸展出嫩绿的身体。它们经历过高温，经历过暗无天日的储存期。现在，在这样的沸水中，它们如同获得了新生，并释放出从来不曾有过的清香和滋味。

我最喜欢的事，就是在这样的隆冬，捧一只大大的白瓷杯，看那嫩绿色茶水微微荡漾，如同一掬春水捧在我的手心。呵，今天大雪，空气寒冷潮湿。我那固执的不肯开暖气的老父呵，一定穿得臃肿地坐在窗前，和我一样手捧茶杯，看外面纷飞的雪花，慢慢地，把春天饮下。

因为老父爱茶,尤好绿茶,因此桌子上大大小小都是装龙井的茶罐,我也从没有在意过。

第一次知道家里喝的都是好茶,是儿时的一个春游日。仲春的阳光是那样温煦,我们几个同学玩得满头大汗,又累又渴。那时路边的小店还不像现在这样遍地都是,随时可以买饮料解渴。好不容易走到一家茶庄,门口牌子上写着各式茶水的价钱。当时最贵的一档,是五元钱一杯的龙井。一看到龙井两字,我立即想起家中的茶叶,想起那杯温润如一湖春水的茶来。因而马上将口袋里仅有的五元巨款慷慨地贡献出来,买了一杯最好的龙井茶。

小伙伴们团团围坐在室外的茶座边,暖风拂面,空气中有流动的茶香。不一会儿,那杯昂贵的茶,被穿白衣的服务员小心地端了过来。因为是我付的钱,大家坚持我喝那第一口。杯子里的茶叶比家里的粗大,不过香味倒是有点相似。我想,这茶,一定比家里的要好多了,五元钱呢!大家都平心静气地看我喝

了第一口，然后七嘴八舌地问好不好喝。哎呀，没想到，那五元钱的茶，别说好喝了，就像是中药！第一反应是要吐出来，想想又舍不得那五元钱，好不容易才咽下去，再也不要喝第二口了。大家还以为我客气，一杯茶一下子被同伴们喝得干干净净。

回家后问妈妈，这才知道家里的都是好茶，哪里是茶室里五元钱能比的。于是心里，有了一分敬畏。

如今到处都有茶馆，也常能喝到比家里好得多的茶了。春天的时候，会开车带着老父，到龙井的农家坐坐，品品新茶。不过我还是最喜欢坐在家里，一边捧着暖暖的茶杯，看嫩绿的茶慢慢化出一掬流动的春水，一边陪父母说说话。这样的时刻，无论窗外是怎样的春夏秋冬，在我手里，在我心里，都只有那一湖春水在流淌。

三

从小喝茶长大，爱茶的心不变，口味却渐渐不同了。

儿时最喜欢喝的，是父母眼里不怎么上品的茉莉花茶。年少的我，常在放学后，泡一杯花茶，看着淡黄色的茉莉花在浅褐色的茶水里慢慢舒展，有一点点复古的色彩，让那少年不知愁滋味的心啊，无端地伤感点点。黄昏的街道华灯初上，面对满桌的功课，总忍不住捧着茶杯，往里面加上小小的一勺蜜，芬芳的茶香里有丝丝甜味，如同那个久远的五月，甜蜜而迷茫。

渐渐地，长成大人了，越来越喜欢绿茶，特别是当年的新龙井。喜欢用一只简单大方，细细高高的玻璃杯，冲小半杯水，看扁平的茶叶在热水中上下起伏，缓缓舒张。当茶水渐渐变成嫩绿色后，再加满水。看着新叶子上的绒毛浅浅浮起，每一片叶子都尽情伸展。想象着它们曾在初春的山坡上快乐地生长，然后被那茶娘的手轻巧地摘下，又在高温中被茶农的大手压扁，最后装在黑暗无边的罐子里。那是经历了怎样的苦痛，才会有现在如此的释放。上好的新龙井不是碧绿色的，而是带一点点黄。入口不浓烈，也不怎么苦，一切都是淡淡的。年轻的我，爱上那看似无味实则至味的淡然，在那先是略苦后是微甜的茶水中，仿佛看到了人生的起伏，感受到自己的一生，可能会迎接到的命运。

如今的我，更喜欢铁观音之类的半发酵茶。叶子团团的，像孩子的拳头。茶水深绿香味浓烈，不如龙井那样娇嫩。每个早晨刚到单位，总是先泡上大大的一杯，然后边慢慢地喝上一小口，再细细地看着满桌的文稿。昨天去出版社，人家送上来一杯茶，说让我喝喝看。茶叶看起来不是那么嫩，青褐色很苍老的样子，泡了以后也没有什么香味从水汽中氤氲开来。浅浅地抿上一小口，嗯，好苦！又不像苦丁茶那样单纯的苦，它有丝丝香甜从苦味里一点一点地化出来，到最后满口只有芬芳，却又没有丝毫的媚俗。再喝一口，呵，茶味清冽提神，但那无处不在的芳香又如同好友的安慰，丝丝缕缕，同情而包涵。不知不觉，我把那一小杯茶都饮尽了。它那么苦，仿佛提醒我人生不如意十常八九，叫人时时清醒；它又不是一味地苦，越品越有香味在口中化开来，如同一双怜悯的洞察一切的眼，无时无刻不关注着，体恤着。喝了多年的茶，我却从来不知道一杯茶里，竟会有那么多的意味。不知道这叫什么茶，问了才说，是寺庙里的茶，他们也不知道叫什么名字。

我不知道以后还有没有机会再品到这样有禅意的茶了。早上，我还是泡上一大杯铁观音，捧在手心里，慢慢地边喝边工作。窗外雪花漫天飞舞，想象着寺庙里一定沉寂而安然。那样的茶，我也许还能喝到，也许，再也没有了。不过没关系，那警醒而安慰的味道，已经慢慢舒展在我的心里了。

四

隆冬时节，好友送我一罐绿茶，说是大半年都舍不得喝的好茶。当时也并不在意，随手放到了柜子里。这几天寒潮汹涌，阴雨绵绵，不禁想起了那罐好茶。

剪开封袋，翠绿色的茶叶，扁扁地躺在那里，有很淡的青草气息，若有若无地飘散出来。简单洗茶之后，冲入新烧的沸水，茶叶慢慢舒展，比明前龙井的叶片略大一些，茶汤渐渐变成淡绿色的。轻啜一口，没有白茶的淡雅，没有龙井那微微的焦香，也没有碧螺春的味醇。但是那极淡的口感，有微微的苦涩，让人不禁回味再回味，不忍心一下就咽了。这是春日里，哪朵雨云的细泪，在大半年禁闭之后的重新释放，所以才有如此的幽怨？这些嫩叶，在烟雨江南的茶树上，可能只生长了九到十天，就被采摘下来了，如今这一掬茶，是它们的泪珠吗？

续点水后，茶色清亮诱人，回味甘甜绵长。这是早春时节，哪片山坡上的阳光，在半年黑暗之后的重新照耀，所以才有如此的欣喜，如此的欢畅？这些细嫩的叶片，清洗晾干之后，又被一双双大手在热锅子里挤压翻炒成扁平样，现在才得以在沸水中重新舒展出它们原来的样子。如今这一掬春水，绿中带黄，是春日里的艳阳，又明晃晃地照耀在新生的叶子上了吗？

再续一杯，茶汤淡雅，清香中带点鲜甜。这是哪家少年的轻声浅笑，在大半年沉寂后的重新绽放，所以才有如此的舒畅，如此的释怀？它们被密闭装在真空的罐子里，不知道会被运向何方，几时才能重见天日。如今，它们在一只上好的白瓷杯里，释放了早春那短短十多天里，最美的回忆，和最深的渴望。这一杯清茗，分明是春天里，一个少年的朗声长笑，穿过最漫长的等待，在这个阴冷的冬日里回荡。

突然就觉得无限感叹。一杯绿茶，是十天的生长，两天的制作，几个月以至几年的等待，只为了那短短十几分钟的相遇。那么红茶、普洱的制作时间就更长了。同样的，不仅仅是茶，酒、咖啡、香水，以至食物、衣服、用品，世上万物，都是用一生的等候，只为了相遇的那一瞬间啊！这样想来，哪一件事不是缘分，哪样东西，不需要珍惜呢？

晓风

朦胧栖坡间
清风徐徐抚芳草
山外小径远
天际沉沉晓星稀
寂寥五更天

书为道

八十多岁的老父，于二〇一五年四月三十日至五月十日，在浙江美术馆举办"书为道"书法展，共展出最近新作一百件。

近几年，父亲颇为痴迷书法。那是因为他觉得，自古以来，"书画书画"，从来都是书在上，画在下的，书家无白丁。古时候文人雅士手中的扇子，总是正面写字，背面才画画。而且书法相比绘画而言，没有色彩，没有人物，没有亭台楼阁花鸟鱼虫，要成为人人喜爱的艺术作品，更不容易。虽然清雅，但看得懂的人，却也不多。

作为一名画家，父亲的书法作品，除了在意一个个字形的结体之外，更注重整件作品的构成。字与字的间距，行与行的疏密，黑色的浓淡，以至印章的落点，都有机地形成了一个整体。同时，他对宿墨得心应手的运用，让作品有了更丰富的层次感，这也是有别于其他书法家的地方。

浙江美术馆斯馆长评论老父书法，为一个"真"字，洵为的评！父亲最近这十年来，几乎一年办一次较为大型的展览，我也有幸每年为他排版画册，设计广告，布置展览。作为一名外行，我无法以行家的口吻评论他的作品。但是我用一双中年的眼，一颗中年的心，看到了老父这十年的心路。

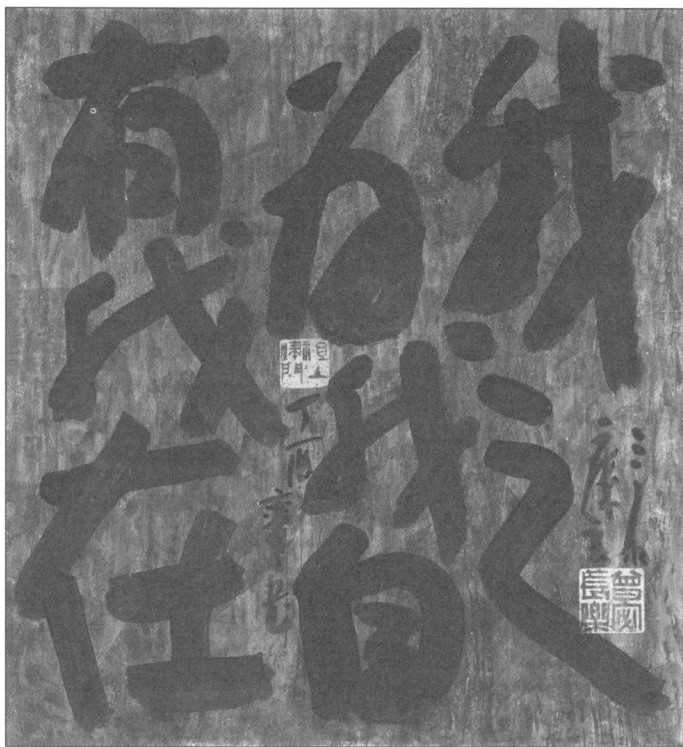

从"容我慢索"凝厚稳重的泼墨山水，到"八十初度"肆意挥洒的抽象构成，再到"林间"萌态十足的猫猫狗狗，及至今年大巧若拙的书法展。我看到的是一颗饱经沧桑的老心渐渐复苏的过程。我看到的是一个强大的头脑，在日趋苍老的身体里，坚强搏动的经历。我看到的是一个诗意的灵魂，在摆脱了所有的牵绊之后，绚丽绽放的始末。我更看到的，是老父作品中所表现的真性情，真自然，以及如孩童一般的率真和质朴。

他用各种方式来进行创作，如同一个孩子兴致勃勃地做试验。他用不同的纸品书写，虽然全是老纸，却有着不同的材质与尺寸。无论信笺纸，印花或方格纸，甚至还有包装纸，他都写得兴高采烈。加上对宿墨的深切理解与把握，浓墨淡印，浓有浓的味道，淡有淡的意境。他还用各种不同的笔，粗的豪放细的清雅，各有各的感觉。配上古诗新句，让人目不暇接。最后，这些还不够尽兴，他用印章，如作画一般，大大小小，画龙点睛地印在书法中。更有意思的，他还用笔杆反过来，印上一个个圆圆的圈。每当别人问起，他就像一个孩子般得意地大笑起来。

　　这是一个不羁的情怀，在八十多年岁月的沉淀之后，回归到最本真的面目。这是一位不老的男子，在大半个世纪的风尘里，展示的青春与激情。不倚老，不装嫩。大道至简，书贵清真。作为女儿，与有荣焉。

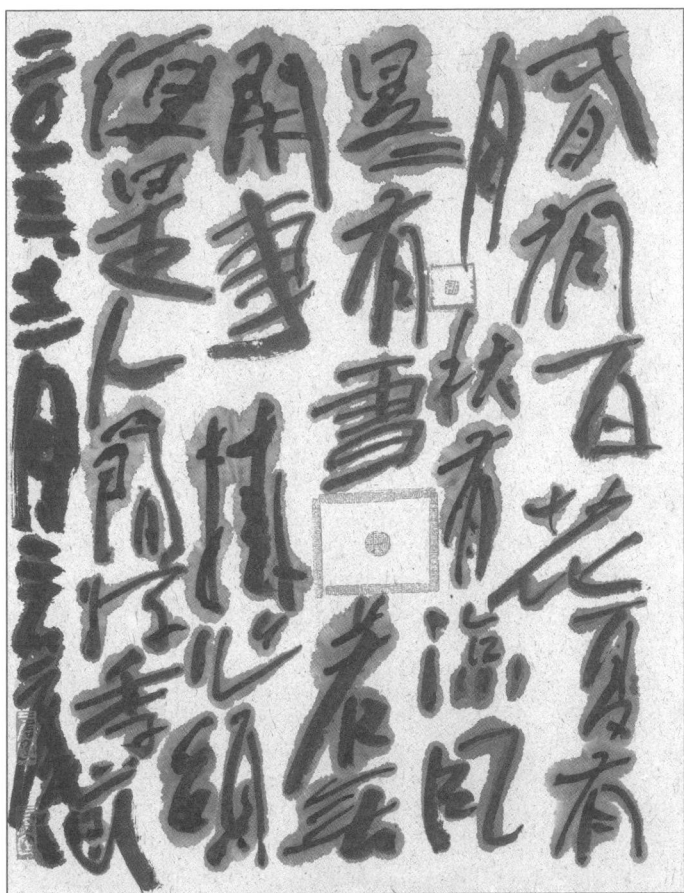

人间四月天

几杆细竹芳菲节,风也潇潇,叶也潇潇,骤雨初停绿新草。
何事不必尽吹箫,声也悄悄,情也悄悄,天上人间尽逍遥。

疼爱

这个世界上最疼爱我的男人，很帅，却从来都不知道自己长得帅。二十五岁那年冬天拍的照片，到现在看起来还是那样英气逼人，他却不好意思地笑着说，身上穿的棉袄有点破！

他有一把富有磁性的嗓音。他打给我的电话，被女同事们听了去，都盼着他再打过来，她们会抢着接，然后磨蹭好久才转给我。有月亮的晚上，他最喜欢在一片小树林里放声高歌，人们都爱听他的歌声，从不介意拍子是否正确。

他有一双巧手。大到桌子板凳，小到我头上的发夹，都能做得有模有样。他第一次给我做的发夹，是用一段白色的有机玻璃，花了好多天细细打磨，做成了一根前粗后细的簪子，光洁美丽，在最头上还挖一个浅浅的槽，嵌一颗米粒大小的红玻璃。然后一只大手一把抓住我的头发，很笨拙地，很仔细地，轻轻地，歪歪地夹在我头上，还不厌其烦地叮嘱："不要晃头哦！"

前些日子，我和他手挽手去马路边散步。我们去了古玩店，还去买了爱吃的面包。最后，他执意给我买了一顶浅灰色的毛线帽子。又嫌它单薄，第二天自己不声不响再去买了一项黑色的小帽子，拆了边，一针针缝在新帽子里面，做得天衣无缝。看我戴上后，他拍拍我中年的头，满意地说，看上去像个宝宝！

他的听力不好。无论是赞美还是批评，他想听就听得到，不想听的时候，会很纯洁很无辜地问：你说什么？朋友们聚会的时候，大家忙着叽叽喳喳，来不及复述给他听，他茫然地看着，大家笑了，他也马上笑起来，以证明自己的存在。

他很粗心。每次去澡堂洗澡回来，必定少一件东西，不是沐浴露就是换下来的衣服。然后红着脸急急忙忙去取，胜利地拿回来了之后，还再三夸奖别人："澡堂里的人真好，东西一动不动还放在原地呢！"他出门爱戴帽子。有一天头上顶着两顶套在一起的帽子就出门了。上得出租车，才发现是两顶。他一边说，难怪比平时重，一边顺手就将其中一顶给了司机。回来时还得意地夸自己："把那旧一点的给人家了！"有阵子我最爱吃鸡，他一只一只买回来给我吃，心满意足地看我一口一口吃下，最后我得了胃病看医生，他才恍然大悟，原来不能吃得太多哦。

我一说要减肥，他就说，不胖不胖，健康就好，女孩子太瘦了不好看。我说要走路运动，他怕我一个人孤孤单单走不了很久，很早就自己出发来找我，然后陪我一同走回去。太阳很温暖，他走得热了，忍不住找个地方脱衣服，又怕正好将我错过，于是脱一下看一眼路上。一件衣服脱了很久，引得边上的人对他另眼相看。最后他终于一头大汗地迎到我，很神秘地，很

得意地从衣袋里掏出一颗山楂糖，说吃这个不会胖的。

　　他记不住自己的结婚日子，也记不清自己的生日，于是只好在那一个月，天天吃面，还振振有词地说，总有一天是生日！不过我的生日，他是一直记得的，每次都一早去酒店订好了桌子。呵，老爸，这个世界上最疼爱我的男人，总是得意地进门就喊："我订了你从小爱吃的糖醋肉！"

花影

感谢母亲。

如果说父亲给予我一片林间，那么母亲，就是这林间最美的花朵。寻常一样窗前月，因为花，便如同有了灵魂，让整个林间充满了诗意。母亲端庄娟秀的外表，明敏聪慧的心灵，宛若空谷幽兰，于林深不知处，无人亦自芳。

这一章节以母亲作品为插图，收录了一个小女子的生活琐事，以及由此而产生的点点心迹。感谢母亲，用她柔弱的身躯撑起一片花影，并教会我如何生活、怎样去爱，我才得以有机会，细细品味每一寸光阴。而我是多么感激并且骄傲地深深明白，在我生命最初的源头，散发着那样清雅隽永的馥郁。

母亲生日

今天，是母亲的生日
一片帆从港口出发
高高的，高高的星星
在海面发出粼光
因为你，我才能对着岸边
远远的，远远地发出回响
在此，我爱你

今天，是母亲的生日
月亮转动着梦的圆盘
一颗种子投向遥远的树林
因为你，风中的松树
才用它们的针叶歌唱你的名
在此，我爱你

一树一世界

那天　　妈妈不经意地说，世界上最美
丽的景致，是树。

寒假的最后两天，阳光正
好，天淡淡的，粉粉的，有一层春意。陪妈妈出去
玩玩，她坐在车里，看着窗外南山路上成行的树，
说了这样一句话。

初一听，有点失笑，哪里都有树啊！再仔细一
想，不由得点头称是。能长出一棵树来的地方，先
得要有一点土，可能还是个小土坡，在路边，或在
一块小小的草地上，微微地拱着。早春时节，那土
坡上，也许已经长出了细细的小草，有风的时候，它
们微微地颤动着，略长一点的叶片，或许还能在风
中摇摆出轻盈的舞姿。初春早熟的花朵开放着，招
来一些小小的飞虫。那一棵小树苗，就在这块小小
的世界里，慢慢长大。

　　及至长成一棵真正的大树了，它粗壮的枝干，撑出一个伟岸的身躯，它亭亭的华盖，是一个枝繁叶茂的世界。它在风中欢笑，树叶翻飞豪气干云。它在雨里哭泣，点点滴滴都在心头。它的绿荫，福泽大地，那块小小的土堆，因为它强壮的根须而成了庞大的坡地，昆虫的乐园。那树顶则是它所有风采的体现，是它全部柔情的表达。松鼠在枝头跳跃，小鸟和枝叶嬉戏。那热带的树呵，更是开了满枝的花！

　　及至秋天，片片金黄叶子纷纷飞扬，如一首诗意的长歌。而冬季的树干兀自在寒风中挺立，又是怎样的一份傲然！

　　无论在什么国度，无论长在山洼还是种在街边，它们都是这个国家这个地区特有的风景。无论是否有人关注，它们依然按时发芽按时开花，组成它们自己的世界。

　　一树一世界。

红底白花新棉袄

三十年前，一个冬日的早晨，妈妈看着刚从被窝里起身的我说："西湖结冰了，很冷的天呢！"我坐在床上，看她正在外婆的缝纫机上给我做新衣服，红底白花的新棉布，里面是本白的新棉花，看着就让人心里欢喜，感到温暖。而窗外屋檐下，一条条冰凌反射着初升的阳光，明亮而寒冷。

今天早晨，走上断桥，里西湖结冰了，灰色的湖面，衬着岸边山上的白雪，让人一下子回到了三十年前的冬天。而我的父母也已是华发如雪，外婆的缝纫机早变成了一件摆设，我的孩子，也比我当年大了！

这三十年，走过多少风雨多少挫折，多少繁华不再，多少故人已逝。唯一不变的，是父母对子女的关怀，一代传一代。这是生命延续的本能，也是这世间，最温情的地方。那件红底白花的新棉袄，衬着妈妈年轻的容颜，将一直在我的记忆里，在那个湖面都能行走的冬日，带给我一生的温暖。

安徒生的
老故事

安徒生的童话里，孩子都是天上的安琪儿，扑着翅膀，在天堂的阳光下飞来飞去。当他们将要下落凡尘为人的时候，就先脱去了翅膀，轻轻降临人间。那是一个个透明的小精灵啊，躺在花蕊里或叶片上，吸收阳光和雨露，当然，还有那朵花或叶的精气。因此，每个人一生，都带着那种植物的性情和样子。日子一天一天过去，安琪儿终于长成了人间的宝贝，就由鹈鹕衔着，在那静谧的黎明，放入人家的烟囱里。于是第二天的早晨，就会有嘹亮的婴儿啼哭，预示着一个个不凡人生的到来。

看这个故事的时候，我还只是一个小女孩，在自己的世界里做着公主。一心一意希望自己曾在牡丹或玫瑰花上长大过。妈妈却指着地上一丛丛蓝色小野花说，我真希望那就是你待过的地方。我惊异地看着这些不知名的小花，它们还没有我最小

113

的指甲盖大，小小的，一丛丛挨挨挤挤，在风里轻轻颤动。没有花香，没有美丽的外形，连蜜蜂都不要理睬。我想采一朵仔细看看，可手一碰，花就掉了，只留下难看的残梗。清冷的风无言地吹过，没有人安慰我失望的、少女的心。

光阴如水般淌过。昨日和妈妈去山下踏春。洁白的玉兰开了，艳黄的迎春也开了。而那不知名的蓝色小花呵，开得满山遍野。没有人理睬它们，还有很多双脚无情地踩踏，只为了去欣赏其他美丽的花儿。可是它们依旧开得到处都是，无风自动，在淡淡的阳光下热烈绽放。我终于明白妈妈的愿望了，她希望我也像这野花一样，坚韧而开朗，什么样的环境下都能生长得茂盛。她希望我也有这一份自由，长在自己想长的地方，为自己而开花。她希望我更有这一份傲气，宁可把花落下，也不要让人轻易采摘。

于是，我在这同样清冷的早春时节，对儿子讲了安徒生的这个老故事。让他记住那满地小小的野花，就是妈妈。并指着不远处开始长新叶的常春藤说："妈妈真希望，那就是你躺过的地方。"

母亲的心

海洋

公园的儿童游乐场一角，有一个用充气薄膜围起来的小小池塘。几只手摇的小船供幼小的孩子玩耍。

一位年轻的妈妈推着小童车过来，抱下三岁不到的小姑娘让她也试着玩玩。周围的人都说孩子太小了，不行的。她却坚决地说，不试怎么知道呢？现在的孩子都娇气得很，要多练练胆呢！小女孩乖乖地坐在船里，那只船对她来说好大哦！她茫然又害怕地喊："妈妈……"年轻的妈妈一边安慰孩子，一边示范如何摇动手柄。

可是孩子太小了，还不会两只手同时向前或向后，小船就只在水池里转。年轻的妈妈不停在边上做动作示范并大声鼓励。阳光明晃晃地照耀着，她绕着水池边跑边喊，脸上渐渐出汗，亮晶晶的。孩子在她不断的表扬声中慢慢学习着，前进着。周围的人也都为这三岁不到的孩子加油鼓劲。

小姑娘笑了，小小的脸上有了自信。她用力摇动，小船慢慢行进。她的妈妈依然边跑边喊，脸上的汗水流下来，湿了后背的衣裳，脸庞因为又累又热而涨得通红。但她依旧用充满信心的声音，带着深深的爱意表扬她的孩子。小姑娘终于会自己玩了，周围的人禁不住为她鼓起掌来。

我看着小姑娘的笑脸，如鲜花开放。但我更觉得，那满头大汗的妈妈，才是阳光下最美的花朵。她完全可以因为孩子还小，省钱又省力地走过这个水池的啊！这是一颗母亲的心，在为孩子绽放，开出世界上最无私的美丽。

黄山

妈妈说，很多年以前，单位组织去黄山旅游。那时我还小，爸爸不会照顾孩子，所以就放弃了，结果一直到现在都没有机会再去黄山。今天请了年假，在这个夏至，陪妈妈玩一玩！黄山再美，没有妈妈的笑容美丽。风景再好，没有陪在妈妈身边好。

昨天从黄山下来，晚上住宿西递古村。早上起来，村口格桑花盛开，在朝阳下随风摇曳，格外清丽动人。参观西递古村后，又驱车来到歙县。徽派古建筑群落，在仲夏的阳光下，显得宁静而安详。凉爽的微风从窄窄的巷口穿过，荡起墙头美丽的凌霄花。有蝴蝶飞过花墙，午睡的小狗轻轻跑开。在这里，可以轻易听到时光流逝的声音。

就这样慢慢陪着妈妈，逛街，看花，听鸟鸣，仿佛回到这个世界最初的样子。

豌豆公主

妈妈双眼视力模糊有几年了，一直埋怨雾霾严重，不肯看医生。月初总算去检查了，白内障！手术一周后，左眼从原来的 0.2 变成了 1.0，老眼炯炯，惊呼连连。对面楼里一朵黄花真好看！马路上有个人穿花鞋子！洗脸时叹息：哎呀，原来我这么老了啊，全是皱纹！看到我感慨：你白头发这么多了，眼睛都老得挂下来了！吃饭时惊讶：外孙脸上全是痘痘！小时候的糯米团，眨眼变成了麻球！

　　两周后做右眼，昨天照例住院，今天手术。晚上躺病床上，前后不得安宁，一会儿痒痒了，一会儿不舒服。然后又喝水又上厕所，一夜折腾。最后她睡在陪客的小床上，我在病床。清早护士来量血压，吓了一跳，病人怎么变了？

　　上午查房，才发现原来护工把床垫搞反了，正面柔软的部分在下面，而把反面粗糙的朝上，隔着薄薄的床单，当然不舒服的啊！问题是，我睡了大半夜也没觉得，妈妈就咋样也躺不住。可见真正的现实版豌豆公主，原来就在这里！

一甲子

今天是二〇一七年三月三十日。细雨霏霏，滴在窗檐上叮叮作响，仿佛为父母相识整整一甲子奏响庆乐。

六十年前的那个春天，树绕村庄，水满陂塘。有桃花红，李花白，菜花黄。而流水桥旁，正莺儿啼，燕儿舞，蝶儿忙。十八岁的母亲在路边写生，父亲走过，指点迷津。从此以后，相伴相随，风雨六十周年。

今天，适宜出发，也适宜去爱或相爱。愿以佩索阿的诗，祝福我亲爱的父母：

明月高悬夜空，眼下是春天。

我想起了你，内心是完整的。

一股轻风穿过空旷的田野向我吹拂。

我想起了你，轻唤你的名字。

我不是我了：我很幸福。

天籁

午间到单位后面散步，小雨初霁，游客稀少，别有一番宁静。欧阳修的《秋声赋》里曾说“四无人声，声在树间”。没有车水马龙的喧哗，避开人声鼎沸的热闹，当一切都沉寂下来的时候，想一想有多久，没有听过真正的天籁了？

且不说“钬钬铮铮，金铁皆鸣”的风声，吟唱出多少千古悠悠。宋代韩元吉也曾叹息过：更满眼、残红吹尽，叶底黄鹂自语。在这样一个初冬的午后，伫立湖边，淡淡烟雨下，充耳都是生命的呼啸。那嫣红的茶花正低头轻笑，金色银杏叶子在枯草地上大声唱着恋歌。红色的浆果砰然落地，机灵地滚进石缝里。蚂蚁急急忙忙准备过冬，毫不在意麻雀们叽喳着呼朋唤友。“蟋蟀独知秋令早，芭蕉下得雨声多。”

其实，满耳听到的，都是千百年来未曾变换过的声音，它不以人类的喜怒哀乐而转移，寒来暑往，阴晴圆缺，自有其道理。那，就是天籁，就是岁月在面前，轰然走过的声音。

妈妈病了

老妈

突然发烧，39.1℃！立马送医院挂急诊。

医院门口人山人海，转两圈还是找不到停车位，只好胡乱路边停下，先扶妈妈去医院再说。看她步履维艰，又找了一把轮椅，挂号验血，倒也方便。不承想，一个小小的斜坡却成了拦路虎。眼看就到坡顶了，就差一步，加油！滑下来了。从头再来，速度加快，使劲！哎呀，又开始下滑了！边上保安理都不理，忙着指挥来往车辆。正在这时，冲过来一位女汉子，用力一推，上去了！此时满头大汗，来不及看女侠客的倩影，想来必定是个国色天香的美人，才配得上这样的古道热肠！

医生说老妈是细菌感染，要挂盐水。妈妈血管细，手上扎不进针，只好扎脚。一路从输液室转到抢救室再到急诊，千辛万苦终于借到一张床，可以让老妈躺下。小小的床也有近两米长，四个轮子比汽车还难控制。穿过一楼大厅坐电梯到二楼输液室，真是深切体会到什么叫作横冲直撞。

暮色苍茫中扶着挂完盐水的妈妈回家，车子上果然妥妥地贴了罚单。反正是老公名下的车，管他呢。今天妈妈感觉不错，自己走进输液室，挂水时拒绝躺床。看来刚学会的推轮椅推床的技能，肯定要生疏啦！

鞋

记得很小的时候，一个仲夏的傍晚，要求父亲带我去较远的大街上玩，而他只是把我放在门口空地上。一气之下我爬上一块大石，父亲赶紧来扶，尖锐的石头反把他的腿割伤了。看着父亲白皙皮肤上鲜红的血迹，知道自己闯祸了，一声不吭赶紧回家，父亲倒也没有说什么。如今，我们父女俩走在路上，却总是我扶着他。

很多年前的一个冬天，母亲给我买了一双新的厚袜子，那个时候的尼龙材料，有着鲜艳的色彩。我兴奋不已，穿着新袜子就到邻居家玩，没留意脚下一滑，眼看就要从楼梯上滚下去，母亲飞奔过来，一把抱住我，结果我坐在母亲怀里，而她抱着我，后背顺着楼梯一路跌到底，痛了好多天。今年初夏，她发烧了，我推着她的轮椅上斜坡，快到顶了又滑下来，就像我小时候她抱我滑楼梯。

刚认识老公，是早春雨后的一个夜晚。我们从体育场路走到北山街，有说不完的话。后来，走出国门又重归故里，假期走遍五湖四海，就这样从青年走到了老年。如今，在静谧的夜晚慢慢散步，成了每日必修的课程。

儿子学会走路后不久，最要我抱。总是一出门就使劲往下拉我的手，我一弯腰，他马上两只胖胖的小胳膊圈住我，湿叽叽地亲一口，然后就理直气壮地要我抱。一天对他说：小鸟不要妈妈抱！他回答：小鸟嘴太尖不能亲妈妈。我又说：小树不要妈妈抱！他又回答：它们在地下抱，你看不见。好吧，抱！如今儿子又高又大，常俯视我坏笑：抱？

日子如流水般逝去，无声无息。但是那些我们一起经历的欢笑和哀伤，其实都在。我们走过的每一步，都在。

鸡趣

一

年少时的我，体弱多病。家里条件并不宽裕，妈妈就买了十只小鸡崽，打算养大后，每周给我吃一只鸡。于是，家里小小的露台上，就有了小鸡们欢愉的声音。

其中有一只小白鸡，羽毛特别光滑，体态纤巧，黄黄的两只小爪子，粉红的小鸡冠，歪头看着我的时候，是那样优美可爱，我叫它小白，成了我的宠物。放学回来，第一个去看的就是它，睡觉之前还要去看看它睡了没有。独生子女的孤单，在那一群小鸡崽的身影里，有了丝丝安慰。

有一只黄毛的小公鸡，常很霸道地抢食吃，边吃还边用它尖利的喙啄别的鸡，把它们都赶走。有一次，小白好不容易捡到一条蚯蚓，小黄鸡冲过来用力啄它的头，硬是抢走了。这下我可气坏了，和妈妈一起把小黄鸡捉住，拔光了它头顶上的一撮毛。成了秃头的小黄鸡怪怪的边摇头边走向鸡群。别的鸡先是吓得后退，再接着很好奇地歪着头，用一只眼仔细看那个秃顶，最后个个都来啄它的光头。而小黄鸡则满脸羞愧，从此以后，再也不敢欺侮人家了。

小白出落得更优雅了,它细长的身体就像一只小小的船,粉红的鸡冠如花一般开放。眼神清澈明亮,看到我就会很高兴地歪一下头,咕咕几下。长长的周末,父母都在上班,我用一块粉色的丝巾将它包起来,只露出头部,把它放在床上。它很高兴地咕咕着,一点也不惊慌,还转着头东张西望呢。我把自己心爱的书也搬上床,靠着窗,抱着小白,嘴里含着一粒糖,看起书来。仲春午后的阳光斜斜地照在小白身上,空气里有玉兰花的芬芳,散漫着懒洋洋的气息。让多年以后的我,还记忆犹新。

正在这时,只听到楼梯口爸爸的脚步声,他不知为何回家来了!爸爸一生爱干净,对露台上的几只鸡早已颇有怨言,只因为是要给我补身子的,也不好多说什么。这下我把鸡放在床上,他一定会大发雷霆的!可是他已走进家来,没有退路了!我飞快地把小白连鸡带围巾扔进床底下,它咕地一下,就落入了床底的阴影里。还没等我坐好,爸爸就推门进来了,见我一床的书,点点头说:"看书啊!真乖!爸爸回来拿点东西,还要去上班的。"说完他就弯下腰,要取床下的杂物箱!

我吓得一颗心都停止了跳动,眼睁睁地看着他,说不出话来。爸爸说:"咦?什么声音?不好,床底下有东西!你别动,爸爸来打!"他转身拿起衣叉就去捅。我急出一头汗,逼出一句:"那是只鸡!"爸爸狐疑地看看我,衣叉一捞,捞出我那灰头土脸可怜的小白来,身上还包着我的丝巾!他问:"鸡怎么会跑到床底下去了?"我睁大眼,装着很无辜的样子说:

　　"我也不知道啊！"爸爸看了我一眼，把小白放在地上，从
杂物箱里取了点东西，边走边说："我去上班了，记得洗手哦！"
听到大门"砰"地关上，我才下床抱起小白，心里庆幸爸爸
什么都没发现什么都没骂！现在中年的我，当然明白爸爸什
么都知道的，当然更感喟父亲爱女儿的心啊！

二

暑假的时候，小白要开始生蛋了。那个炎热的下午，它团团转着，跳回了睡觉时的窝。阳光热辣辣地照着，它张开嘴，支棱着翅膀，开始用力。

我怕它中暑了，就撑起一把大黑伞，为它遮挡阳光。地面上的热气烤得我脸都发烫，背上像着火似的。小白似乎也感激我的情意，更加用力。终于，蛋生出来了！它有点恍惚，看一看那只带点血丝的小小的蛋，又看看我，跳出了窝。接着，它明白自己终于生了一只蛋！它咯答咯答地欢叫起来，跑到鸡群中去了。而我一直蹲着为它撑伞，连站起来的力气都没有了！晚上我中暑了，还发起了高烧，妈妈就把那只蛋炖了给我吃。

小公鸡们不生蛋，妈妈一周杀一只给我补身体。杀鸡的时候，每次我都大哭一场。不过晚上的鸡汤真好喝！渐渐的，那些生蛋的鸡，妈妈也杀了，还会说，看！它肚子里那么多蛋呢！不过小白一直是我的最爱，妈妈也不舍得杀它。它一天一只蛋，每只都很大。小白也从一只可爱的小母鸡长成了一只大大的白鸡，胖胖的，有一种雍容。我们天天给它吃好吃的，可是渐渐地，它越来越没精神了，总是在秋阳下打盹。以为它病了，更加喂它好吃的。冬天来了，不容易晒到太阳，它更是喜欢坐在露台的边上，打呼呼。

有一天，妈妈说，它可能肚子里有虫子了，所以没精神。高粱烧酒能杀菌的，让它喝点吧！于是我抱住它，喂了一大勺烈酒。不一会儿，小白的脸就开始红了起来，咕咕乱叫。接下来，它开始满地转圈，步伐跟跄，七冲八跌，还扑棱起翅膀，如同舞蹈一般。呵呵，原来鸡也会醉！冬日的阳光只能照到露台高高的围墙上端，妈妈就把小白放在一只篮子里，吊在晾衣绳上让它晒太阳。它一跳，就从篮子里跌下来了，还好我接得快，不然一定摔伤。我不能一直坐在那里看着它呀！妈妈只好把它和篮子绑在一起，怕它太紧不舒服，松松地绕了几道。等我再过来看它的时候，可怜的小白两只脚缠着绳子，倒挂在篮子上，酒也醒了，眼巴巴地看着我，像个受苦受难的普罗米修斯。

又过了几天，小白更不行了，走路都不想走，就知道睡。妈妈说，吃了它吧，死了以后不能吃了。我放声大哭，爸爸抱着我，爱莫能助。剖开小白，看到厚厚的油包着它的心脏，我们才明白，它吃得太好了，所以一颗心跳不动了！可怜我一直到处找蚯蚓、贝类给它吃，是不知不觉在让它走上不归路啊！那一晚的鸡特别香，可我一口都没有吃。看着一大碗油亮亮的鸡肉，年少的心里，渐渐明白，太多的爱，其实是一件负担。

以后的每一年春天，妈妈都会买几只鸡，养大了给我吃。我在父母的关爱下，渐渐强壮起来。只是我再也找不到和小白一样的鸡了，或许，我也并没有存心找寻。有风吹来的时候，我会想起它包着围巾坐在我床上的样子。那样的似水流年早已一去不复返。花谢了又开，小鸡崽年复一年地长大，生蛋，老去。我只在父母斑白的鬓角，看到时光的痕迹，看到那些美丽的日子，在记忆深处，闪闪发光。

花祭

屋顶上的草长得比花高了,没奈何,只好请了专业花工来收拾一下。

刚进得门来,客厅里就是你,这盆一人多高的棕竹在向我点头。一直喜欢你的风姿,喜欢你长长的枝条在房间里舞出一屋子的潇洒,还带点山野的气息。你在我家,伴我两度春秋,和其他一个季度就要离我而去的花草来说,真算得上是元老了吧。只是你越来越细,枝叶也越来越干枯。我心急如焚却也无可奈何。这回花工一进门,就看到你被身上长长的树皮紧紧包着,泥土也快干了。看他一边撕皮一边浇水,我才明白,那树皮不是你的保护膜,可怜我一直诚惶诚恐生怕弄破的,原来是你的桎梏啊!难怪你越来越瘦,一定是想着我太不解你心意了吧!你的前任被我浇水浇死了,我才一直不敢让你多喝水,原来你招摇的叶片,一直在对我说渴啊!而你又太重,我还从来没有让你站到阳台上去吹过风,晒过太阳呢!现在你剥干净了那些老皮,喝饱了水,在阳台上迎风起舞,心里一定很开心吧!只是我从来没有认真学习过,你到底要些什么。我将我自以为对你的好,硬加在你身上,而你从来都只是默默忍受。看着你干枯的身体,我心如刀绞。承蒙你不弃,还在我家里生活,日日伴我,请原谅我的无知吧!

屋顶上的桂花啊!你一定是最恨我,最不喜欢我的吧!当初我是何等欢欣鼓舞地把你从花匠那里高价买来,种在屋顶最大的那块花坛上。你的花是我一生的最爱,我一心盼望你总有一天能开出哪怕一朵小花。于是开始时我天天为你浇水,看你有没有长新叶。你一定大声喊过:不要再浇水啦,根要烂了!而我却将你晃动的枝叶当成了你的欢喜,将你愤怒的声音当成了你的嬉笑。及至初春,我又好心,在你脚边种了牵牛和茑萝。我以为你也要有别的植物陪伴,一如人要有朋友一样。我看到夏天它们长长的藤将你温柔地包围,在你的头上开出紫色和红色的花。我以为你一定和我一样满心欢喜。及至花工到来,大喝一声一下铲断了那些藤,我才知道它们正在吸取你的汁液,夺走你的呼吸。看到你从藤下渐渐露出的满身斑驳,我惭愧得汗出如浆。无数个黄昏,我站在你面前盼你开花的时候,你一定也有过绝望的哭泣吧!

还有那些凤尾竹、映山红、含笑和菊花,当初你们也都是被我诚心请来,认真种下。只是我太懒,不晓得及时除草,又太笨,不能明白你们的心意。所以最后你们都愤然弃我而去。如今我看着一地你们枯黄的身体,心中惶然。你们一定认为我是一个满嘴风情,而其实是最不懂风情的人吧!

各位花的精灵啊!希望你们已经仙去的,找到一个好人家。更望有缘在我屋顶上生根发芽的,能在我的诚心努力下,真正活得快乐,开出一地的灿烂!

瑜伽

一

从来都认为自己是个静不下心的人，喜欢活泼的运动，所以打羽毛球也有十多年了，一直乐此不疲。瑜伽，身体扭成一团以后还要静心空灵，怎么可能！直到朋友圈里，看到闺蜜晒的瑜伽练习照，惊为天人。于是四处打探，最后在吴山上的优胜美地瑜伽馆定了下来。

这是位于半山腰的有美堂遗址改建的，以前曾经是杭州棋院所在地。在古色古香的练习室里，听着窗外朗朗长风从山脚一路盘旋而上，掠过我儿时玩耍的生肖石，穿过少女时代漫步的小径，在六月初夏的树梢上呢喃，完整我一生的回忆。而那颗以为不会平静的老心呵，在一呼一吸的流动中，渐渐安宁，默然，喜悦。

第一次瑜伽体验课结束时，那个清雅文气的老师，双手合十，轻轻地带领大家做最后的感谢。听她说着感谢世间万物，感谢瑜伽，感谢大家，最后，她说，感谢自己。刚听到时有点讶然，接着就深深地感动了。多年以来，早已习惯了感谢世界，感谢上苍，感谢父母，感谢别人，就是没有人说过，要感谢自己。而其实一路走来，所有的喜怒哀乐，所有的成功与失败，最终都是自己争取来的。这一生，从来都只有自己，也只有自己，才能时时刻刻陪着自己。

瑜伽馆里的老师，以及资深的学员，无论男女老幼，个个都面部干净清爽，体态修长灵活，四肢柔韧有力。这就是我们的身体本来就有的样子吧！呵，感谢朋友推荐，感谢老师教导，更感谢自己，找到一个身心平静的方法，一个灵魂完整充实的空间。

二

停了 将近五个月的瑜伽，今天终于恢复去上课了。时值早春，教室外玉兰树开了满窗，阳光斜斜地照在琥珀色的地板上，有一种光阴何在的感觉。

这个瑜伽馆，是有美堂旧址改建的。五代时期，此处建有一座"江亭"。北宋仁宗嘉祐二年（1057），梅挚任杭州太守，

仁宗皇帝以诗相赠。梅挚知杭后，取仁宗"地有湖山（一作
'吴山'）美，东南第一州"诗句意，将亭改建为"有美堂"。
嘉祐四年（1059），有美堂建成，北宋文学家欧阳修曾撰
作《有美堂记》，书法家蔡襄书写碑文，同时，还留有众多
官员和文人的题咏。当然，现在的建筑，肯定不是当年的
那座房子了。可是阳光还是千年不变地照耀，春花依旧按
时开放，岁月，仿佛流走的只是一代又一代人类的叹息。

　　静默呼吸的时候，忍不住一直看着窗外新开的花朵在
风中摇曳。老师走过来说，不要左看右看，要看自己的内心。
忽然就明白了，一切有相实无相，心中有花，不必看花。想
起早上的朋友圈里有人说，在这个世界里，一切都与我的
生命相关，人就像庄子所描绘的那条"相忘于江湖的鱼"，
体验着生命的喜悦。

　　于是这个初春的午间，在一个有着千年历史的地点，我
慢慢地，深深地呼吸着，伸展着。而窗外，有微风，有新叶，
有盛开的花朵。

三

自从　　瑜伽馆从山上搬到了市区后，只上过一
次课。长长的冬季是窝在油汀边啃着零
食度过的。这周终于恢复正常，今天是
第二次上课。多日的阴雨天也渐渐转好。午间，早春的阳光
透过窗户洒进来，在地板上画出斜斜的格子，那是我最熟
悉的一米阳光。

　　第一次注意到阳光形成的格子，是十多年前去德国一
家美术馆的那个午后。到了约定的时间，馆长从画廊一端款
款而来。阳光在她长长的黑色亚麻布裙裾上画出明明暗暗
的格子，她娇小的身影是如此的诗意，那是一个工作着的美
丽灵魂，在阳光下舞蹈的身影。

后来，我在每一个上班的晴朗日子里，看着阳光所画的格子如何从窗外渐渐走过我的桌面，慢慢消失不见。我在周末家里的地板上，看着一米阳光如何照亮小小的陋室，照耀我平凡而幸福的生活。我在洛阳博物馆的展厅里，看到阳光穿过古老窗框，画出典雅的图案，诉说百年沧桑。如今，这新春的阳光，暖暖地照着我的瑜伽垫，如同去年，前年，以及很多很多年前一样。而很久很久以后，它还是会这样温暖地，无声地继续照耀着。

教室里放着轻柔的歌曲，是印度歌手 Snatam Kaur 所演唱的 *Earth Prayer*。轻灵的女声软软地吟唱着，有点叛逆有点不羁，又带着散漫和满腔的渴望。仿佛看到午后空空荡荡的街道上，黄土所砌的墙壁绵延不尽。阳光画出参差的图案，有老妇人临街而坐，墙角阴影处，黑猫正轻巧地溜走。而一位女子，漫不经心地迤逦而行。阳光把她吉卜赛式的红裙映照得流光溢彩，波浪形的卷发在风中飘荡。空气中弥漫着淡淡花香，以及一种闲适的不安分。那是我一直想要，却又永远无法实现的流浪梦想。背个包，漫无目的地走过一个又一个陌生的地方，而年轻的岁月，来日方长。

其实每个人心中，都有自己永远无法实现的梦想吧！人生，总有点遗憾，才更见美丽。正如那阳光，有了窗户的遮挡，才能画出诗意的格子来。

就这样在一米阳光照耀的垫子上，听着行吟歌手的音乐，一点一点地放松自己僵硬的躯体，让每个呼吸都关注当下。我知道千百年后，阳光还是会穿过窗户，画出斜斜的一米格子，照亮那些午后的流浪女郎。

春半

小桥流水湖畔

莺飞草长柳岸

风停雨住云淡

绿肥红瘦春半

生命

　　早春的杭州，看惯了西湖边的桃红柳绿，新草满地，闻惯了空气中淡淡花香，似乎一切都理所当然。
清明节去了一趟乡下，才发现，城市里的春天，总有一丝矫情，不如山间田野里的生机，那么不加修饰地蓬勃着。

　　春意，在山坡上，在田野中，在每一条小溪里，在每一丝石板缝内，如流水一般，恣意地汪洋着，勃发着。不必说大片金黄的油菜花，碧绿的翠竹林，以及小河里成群的鸭子，都在述说着一个春字。单是路边的小花，就足以让人惊喜万分了。

村口一个山坡的转角处，开着几朵碗豆花。不知道是哪位勤劳的农人，在播种完一大片后，把多余的最后几粒种子，随手扔在这里的吧。而它们并不哀叹自己不公的命运，却在这犄角旮旯里，开出了同样美丽的花朵。

从来没有这样近距离地观赏过一朵小小的碗豆花。翠绿挺拔的枝叶上，婷婷地开放着艳丽的花朵。它分成两层花瓣，底下一层略大，从里向外，由洁白到浅粉慢慢氤开，像一双翅膀，在暖风里颤动，仿佛随时可以振翅而起。上面一层花瓣，小小的，却有着夺目的色彩。那深玫瑰色的小小花心，优雅而羞涩地低垂着。这是哪家的少女怀春，想开口又不好意思，只好在春风里低头无言，而心里，却早已欢欣雀跃？这又像是哪位神仙姐姐贪杯，失手落下酒盅，以致让这一杯春色，淌得满山遍野呢？

这样美得让人心醉的花朵，也许过不了多久，就会被路过的老牛吃掉，或是被玩耍的孩童一把摘下。它没有机会生长在大田里，也没有办法移到菜园里。它的命运，就只能在这样一个不起眼的小转角处，落地生根，天生天化。而不远处石板缝里的那棵艳黄的油菜花，山脚路边洁白的野草莓花，以及那墙角缝里的一株荠菜花，都是同样贫贱的命运，却不妨碍它们在阳光下，开出同样美丽的花朵。

是生命的本能，是活着的意愿，让这些看起来低贱的生命，和所有田里的作物，城里的花木一起，在这万物生长的春天，开花结果。也许，当豌豆成熟收割，油菜花结籽榨油，城市里按季换种的时候，这些贱命，因为无人理睬而安享天年。多年以后，当一片小山坡上开满了浅紫色的小豌豆花时，会不会有人，想起最初的那小小的一株呢？

这样想来，未尝不是一种命运的公平吧！

生日

一

母亲说
我在子夜降临
而那晚 夜色晶莹
成了我的名字

它是酸甜的
小小的心跳 芳香着
安静的夜晚
不张皇

夕阳与我擦肩而过
风细细地吹
一些事沉淀 一些事随风而散
一些花在子夜
被风吹开

二

细雨的午后，在街边一家小小的服装店，看到一条裙子。深蓝色的平绒面料下，还有长短不一的半透明薄纱，层层叠叠，云一般地积聚着。在一堆鲜艳夺目的春装里，是那样不起眼，沉静而羞涩。但是仔细端详，它细致的做工，精巧的锁边，还有后腰上小小的蝴蝶结，都是如此温婉动人。整条裙子看上去是一种不张扬的蓝，深深浅浅，像一个从前的残梦，一个遥远的青春的旧梦。

一下就喜欢上它了，虽然设计师的本意，可能是给一个二八年华的少女穿的。那旧得如同洗得褪色的深蓝，衬着少女光洁的肌肤，明眸皓齿的笑靥，在春光里，该是怎样一幅养眼的图画！不过，它也让一个年近半百的中年妇女，仿佛看到了从前的青春。于是，在这个万物初醒的早春，在自己的生日这天，放肆地穿了一回少女裙。

它深蓝色的平绒，是多年前就流行的面料，闪烁着微微的光芒，像从前的青春，还在记忆深处发出幽幽的叹息。而重重叠叠的裙摆，则是现在最风靡的欧根纱。如同现在中年的心态，牵牵绊绊，情怀多多。坐在窗前看春雨纷飞，不由得想起十二岁生日那天，也是这般的细雨绵绵。还记得湿漉漉的阳台，那深灰色的地面，衬着我新球鞋耀眼的洁白。铅云厚重的天空，有信鸽飞过不远处红瓦铺就的屋顶。青砖的墙角边，紫藤已有了点点绿意。而自己那双十二岁的手，正忙着去捉一只刚会爬的蜗牛。

今天，又是自己的生日了。新草依旧遍地，柳枝还是如烟。穿上新买的衣裙，重回少女的旧梦。日子如水一般流淌再不回头，而当自己容颜苍老，韶华已逝时，面对一桌子的鲜花礼物，终于感激地明白，那些岁月带走的，也许，仅仅只是青春。

三

十二岁那年的生日，是个周日。老屋的露台上，早春微凉，细雨绵绵。记得自己穿着雪白的新球鞋，看花架子上初露新芽的紫藤。一不小心球鞋沾了点点泥斑，急急忙忙用牙膏去污。那天，还有一群深灰色的信鸽，呼啸着飞过不远处红砖的屋顶，融入阴云的天空。

十七岁的生日，刚学会骑自行车。和闺密共赴龙井，推车上去，再骑车下来。那时还不会用刹车，自由落体般下了一个转弯之后，就一头撞上了路边的岩石。所幸撞到了石缝里的野草，只是伤了筋破了皮，小命还在。灰溜溜逃回家中，洗澡换衣服，几天都不敢和闺密见面，怕父母责骂。

二十九岁，先生远赴新加坡。生日那天突降大雪，马路封道。自己顶风冒雪去取了生日蛋糕。晚上接到他的电话，穿着汗衫短裤，述尽岛国风光。而自己却在杭州，看着窗外纷纷扬扬的大雪，兀自冷到心头。

三十六岁，早上接学校老师电话，说是儿子在校不乖，跑步时把同学门牙撞飞。下午父母家厕所漏水，楼下邻居吵上了门。而自己单位里的稿子改到六稿了，还要再改。一天都忙于奔波，而现在唯一能记得的，是那车窗外，一闪而过的明媚春光。

四十五岁，在一家小小的咖啡店里，听着音乐，突然就看到了自己老了以后的去处。呵，也许，坐在街边自己开的小茶馆门口，抱着一只龙猫晒太阳，是最好的归宿吧！

又是一年生日到，看镜子里白发的自己，真是红颜弹指老，刹那芳华。青丝暮成雪，似水流年。日子就是这样无声无息地流淌，有快乐有悲哀，有欢喜有酸楚，这才是人生吧。正如这早春的花儿，有粉有白，有黄有红，方显姹紫嫣红，处处生机。

牙疼

左边 最后一颗大牙哎，好听点称为智齿，土话叫作尽根牙。我们朝夕相处，血脉共存也有二十多年了吧。为何现在，就这样立意要走了呢？

是因为遭冷淡而生气了吗？哎，虽说是这么多年来，从来没有认真看过你，可是你长在牙床最深处，谁有事没事，会把嘴巴张成河马那么大，天天看着你？这二十多年来，你我唇齿相依，我还是分分钟都能感受得到你的存在的呀！

是因为太辛苦而辞职不干了？我知道你是很累。所有最难咬的，最硬的最韧的，都是由你来承担，等你磨得差不多了，才让舌头和前面的小牙齿来享受美味。可是天地良心，我也天天用了最好的牙膏，最细的牙刷，在每个清晨和夜晚，好好地伺候过你的哎！

还想得起来你刚长出来的时候吗？那时的我，二十出头，正当芳华。你长得很慢，一直钻不破牙床上的皮。我从天天痛到最后牙床肿得太高，合不上嘴了，说话都漏风。老公那时还没有成为夫君，时时逼着我去看牙医。

好在那年轻美丽的医生姐姐，很温柔地对我说，只要在牙床上划一刀，让你长出来就好了。于是，吃了几天的消炎药后,我在那个阳光明媚的四月里,忐忑不安地坐上了高高的手术凳。医生说,小手术,麻药都不用打的,只要含着一块浸了麻药的棉花就行了。

放好了棉花后,她就把我交给了一个小男生,说过几分钟,麻药就会生效了,然后衣裙一闪不见了踪迹。小小的手术室里,只有含着棉花的我,还有那个小男生。我看到他崭新的衣袍上,实习生字样。接着,实习生很坚定很有信心地把我向左倾的脸拨向右斜。我正想张口问,痛的牙在左边为啥要向右歪,麻药已经开始生效,可怜我的右边脸啊,就这样慢慢失去了感觉,而我,也讲不出一句完整的话了!

女医生如期而至,熟练地掰开我的嘴,拿掉棉花,用一把闪着精光的薄薄手术刀,轻巧地在牙床上划了下去。我想,这个时候,只有你才是最开心的了!因为我清晰地感到一种尖锐的痛楚在牙床上爆裂,冷汗在鼻梁上涌动,我也清楚地看到,女医生的大惊失色,以及那个一脸青春痘的实习生,满是歉意地用一块纱布,擦去我眼角的泪水。呵,我看不到你,但想来,此时的你,洁白如玉,正像花一般开放在我殷红的伤口处。于是,这个遥远而灿烂的四月天,就在后来的青霉素和消炎药里,慢慢生长在我青春的岁月中。

以后的日子,我们一起啃牛排,咬山核桃,吃薯片,当然还有我最爱的哈根达斯冰淇淋。我们平安相处,快乐吃喝。你每天为我努力磨碎好吃的东西,我也天天为你喝牛奶吃钙片,呵,到底是什么让你开始时不时地疼痛一下,提醒我你的不满?到底是为什么,让你在这样一个初春清冷的上午,被一位儒雅的主任医师严肃地证明,你要离我而去?

好吧,且让我再吃两包牛肉粒,一块米花糖。希望三天后的你,能努力投生到那做牙膏广告的帅哥嘴里去。而我,可能会常常舔到你留下的洞,想起你来。

要是从此以后,我的这张老脸两边不是一样大小,你又如何对我负责!

慢慢变老

我不知道自己
怎么会就这样慢慢变老
虽然那湖边新草
芬芳鲜嫩
如同多年前的那个清早

我不知道自己
怎么会就这样慢慢变老
即使夏夜的明月
清雅宁静
还和从前一样面容姣好

我不知道自己
怎么会就这样慢慢变老
我只知道
无论有多少白发爬上我的鬓角
我还是你心里
最重要的那个小宝

天长地久

周末的黄昏，风软软的，空气中有点早春的意思。儿子说想看电影，于是一起坐公交去城中心的影院。

车子靠站，人群中上来一位年纪很大的老人家，头发全白了，耳朵上还用了一只助听器。忍不住站起来给他让座，他点头表示感谢，却并不立即坐下，而是用手按着座位，看着上车的人群。正疑惑呢，只见最后上来了一位老太太，一样的雪白头发，稀薄地，整齐地向后梳拢着。她慢慢地上了车，先前的那位老先生立即示意她坐下来。等她坐稳了，他就放心地走到另一边站着了。儿子见了要给老先生让座，他执意不肯，边上的老太太也按住小儿，说让孩子坐。

我们就这样一路摇晃着在黄昏的暮色中前进。她坐得怡然，他站得安然。他们俩已经很老了，老得外表都分不出性别了。可是曾几何时,当年的她一定也清新得像枝头才绽开的嫩叶一样。时光无声流逝,如此美好的年华也只能成为天边的一片云彩。可是那样默契的关怀,却始终不变。

车子到站,向他们告别。走过十字路口等红灯的时候,看到不远处的地面上,坐着两个衣衫褴褛的乞丐。早春时节,天气乍暖还寒。他们身上围着一层又一层的破布烂衫,脚边放着一只破碗,里面有几个硬币。这是城市里司空见惯的景象。走过他们身边时,才发现是一对夫妻,年纪也都很大了。那个男乞丐正端着一只破碗,里面是不知道从哪里得来的一点饭菜,居然还冒着热气。他小心地用一只勺子舀起一小口饭,再加点菜,慢慢地喂着边上的女乞丐。他们都一脸脏相,那女乞丐更是长得龇牙咧嘴。可是他们却如此惬意地享受着这周末的晚餐。

温暖的晚风从街边吹起,早开的白玉兰花瓣飘飘洒洒吹落下来。呵,当年的她,也曾柔嫩得像那洁白的花瓣一样吧,当年的他,也曾伟岸得如同那路边的梧桐树一般吧。他们相爱,结合,从此以后不离不弃。即便是要饭,他也把那第一口热饭先给了她吃,而她,必定是带着那只破碗,随他坐在这个世界的任何一个角落。

华灯初上,街边霓虹灯下都是美女的广告。美丽,不是国色天香,不是倾城倾国,而是一份爱。在爱人眼里,纵然韶华已逝,纵然青春不再,那一个人,永远是最美丽的。这样天长地久的爱,让人感动,让人落泪,让人可遇不可求。

你要结婚了

初一 新生的班里，班主任临时有事出去了，教室里一下子乱了起来。她坐在教室的最后一排，看着比自己小两岁的同学嘻嘻哈哈地打闹。从小在城郊长大，父母在自己的哭诉和老师的劝说下，才同意让成绩优异的她到城里借读。而她明显的乡下打扮，粗壮的身材，让她有无限自卑，只有几乎满分的成绩单，才让她拾回一点自信。

这时她默默地看着无忧无虑的同学这样浪费大好的学习时光，而这机会对于她来说，是多么的不易啊！她很想对大家说，不要吵了，看一会儿书吧！可是她又不敢。正在这时，一位个子小小、皮肤黝黑的男孩子跑到讲台前，大家疑惑地看着他，教室里一下子安静了起来。他鼓起勇气，大声说，同学们安静，不要吵了，看点书吧！全班哄堂大笑，一个胖男孩更是大声质问，你算老几？他一下子涨红了脸，坚定地说，我是老师刚选的班长，我有权力维持教室里的秩序！

她在最后一排静静地看着这个比自己小一个头的班长，在他涨成紫红色的面皮下，看到了一颗勇敢的心。从此以后，她一直默默地关注着他。知道他的家境并不好，营养不良的他一直瘦瘦小小的。有一次听到他很开心地对同学说，吃了一周的霉干菜了，周六晚上可以吃肉！十六岁的她心里很痛，却又无可奈何。

初中的三年，是她最快乐的日子。她和他被老师分在同一个学习小组，每个周日都要聚在一起做功课，这是她最幸福的时光。因为她知道，这样同桌学习的机会是过一天少一天的，她的高中是无论如何都不能在城里读的了。

十七岁的那个六月，初三第二个学期的最后一次学习小组日，她知道是最后一次名正言顺到他家来做功课了。她特地打扮了一下，到他家时他外出了。同学们都熟悉地围坐一起做功课。不久，他的妈妈在门外喊着，快点，你的同学都到齐了。她知道他回来了，一下子红晕满脸心如撞鹿，不知道该如何面对他。眼看他就要进门了，她情急之中躲进了他家的洗手间。然后在同学们的哄笑声中被拉出来。十五岁的他和别的同学一样觉得她不可思议，这件事成了同学们传笑的话柄。

初中毕业后，家里要十七岁的她早点成家。她苦苦哀求又以死相逼，终于能在当地读高中了。她的内心深处，希望等他长大，把她带走。但理智又告诉她，这是不可能的事。整个高中三年，她都过得很充实很忙碌，周末坐两小时的公交车进城到他家，和他一起探讨功课，傍晚再坐公交回去。

渐渐地，他长高了，长壮了，比她还高出一个头。他细长的眼睛红黑的脸膛都是她心目中最英俊的形象，青春的花朵在她心底轻轻绽放。可是慢慢地，她也知道他眼里的女神不是她，她的年纪，她粗壮的外表，而当年城乡之间的巨大差别更是一道道不可逾越的鸿沟。因而她更珍惜可以和他一起做功课的日子。

那个炎炎的夏日，他考上了城里的大学。当他很欣喜地告诉大家的时候，她知道她的王子已经越飞越高，越飞越远了。她和同学们一起，笑着祝贺他，但心里却在默默流泪。大家都围坐在他家的大桌子边上，他们一起在这里做了六年的作业，从今往后，她是再也没有机会和他一起讨论功课了。那天，同学们都散了，只有她一个人，坐到很晚。末班车时间到了，他送她出来，看着她在夜风里飘动的大大衣裙，他说，谢谢。她转过身来，看着他的眼睛，知道了他的心里，其实什么都明白。那年秋天，她找了个表哥，结婚了。

日子如水一样流淌，她的孩子出生了，他也毕业了，工作了。他们在两条不同的人生轨迹上运行，而她每年总要找个机会到城里看看他。渐渐地，城乡的差别没有这样大了，渐渐地，他们像好朋友一样无话不谈。她希望他快乐，富有，只要他好，她就什么都很开心。只是他一直都没有结婚，说起女朋友，他总是耸耸肩说没有碰到。无数个寂静的夜晚，她会抬起头看着深邃的星空，轻轻地问一下，为什么。

昨天,她打电话过去时,一个清脆的女声接的。然后就听到了他快乐的声音,说下半年要结婚了。开始时,她的心里一片茫然,嗯,以后可能连电话都得少打了。慢慢地,一种无法言传的喜悦涨满了她的心。呵,她亲爱的王子终于找到了公主,他终于有了自己的幸福。这个世上,还有什么事,比他的快乐更让她开心的呢?

　　她打了电话给一个女同学,她们细细地商量送一件什么礼,特别的,珍贵的,而且他又不能退回去的。放下电话的时候,五月的风从窗外拂过她的脸庞,架子上的紫藤花香弥漫进来。她想起,再过四个月,到了九月份,她和他就认识整整三十年了。而下半年,他终于要结婚了。

　　趁着家里无人,她放肆地,有点心酸地,对着那一片浮云大声说:亲爱的,你要结婚啦!

杨梅酒

一

我是酒的河
渐渐透明，飘向
对岸的沙地

午睡的阳光
水面闪烁
微风中，小花细碎的
紫色头巾慢慢飘过

我是酒的河
慢慢地，流过
你深深的，深深的
岸堤

二

一直以为自己是不会喝酒的。年轻时那个芬芳的初夏午后，吃了校门口小半碗甜酒酿，结果说话全校都听得到，成了多年以后那遥远的、青春的笑柄。

今天是母亲节。午餐桌子上，有一瓶去年的杨梅烧酒。三十八度白酒浸泡过的杨梅，显出奇异的陈旧色泽，仿佛古老的丝绸，又如同母亲褪色的容颜。而那酒，却流光溢彩，在立夏的阳光下，宛若融化的琥珀，在杯中荡漾，那是一个妈妈在岁月的烈酒里保存着的佳酿。

轻抿一口，入口绵柔，没有想象中的辛辣。温凉甘甜，有杨梅的清香。渐渐地酒热了，仿佛复活了一般，有千万个火花在舌尖绽放。它们喧嚣着，呼喊着一路奔向喉咙，形成一条火线，穿越身体。那是不羁的燃烧着的灵魂，是一个女人在最好的时光里孕育的生命，是所有沉寂的日子里最终不会褪色的青春年华。为母亲干杯！

如果可以分类，饮料像是童年，甜美单纯。茶是中年，清香微苦，一如人生，却回味悠久，禅意无限。而酒，应当是青年了吧！肆意地奔放着，燃烧着，迸发出生命的活力。

连喝五口，居然没有醉。或许是好酒，不易醉。或许是因为自己老了，酒量渐渐变大。不管怎样，现在完全理解了灯下小酌的惬意。下次冬至，喝口52度的，哈哈！

天上所有的星

第一 天上课，他们四个死党贪玩足球，差几分钟就打铃了，才满头大汗冲进教室，引来一阵笑声和班主任犀利的目光。那三个死鬼迅速坐进最近的一排三人的位子，他没办法，只好在第五排的两个女生旁边悄悄坐下。大李转头对他得意地做了个鬼脸，被他狠狠瞪了回去。耳旁一阵轻笑，他满不在乎地看了边上的女生一眼，那是他第一次看到她。

后来的座位也就约定俗成，她和她的好友形影不离，他一直就坐在她边上，前面是他的三个死党。他发现她不像别的女生那样叽叽喳喳不停，而是很少开口说话。只是她上课也不太专心，笔记写得飞快，记完后就静静地玩。有一次他好奇，仔细留意她玩什么，才发现她在折一种很流行的幸运星，五彩缤纷地放在一只透明的玻璃瓶里。她的星星折得有棱有角，在她灵巧的手指下，一会儿就完成了一个。他看得发呆，她转头一笑，说：该记笔记啦！那是她第一次对他说话。

创作课上，教授表扬说，有几位同学写得相当不错，他会点名并当场出题考一考，让大家也都看看他们的真才实学。她轻轻耸了耸肩，又去折星星了。几个名字过后，教授突然点了她的名，她惊愕地茫然站起，没有折完的星星悄然落下。他默默捡起，看着这个爱玩的女孩子，心里有点莫名的疼痛。没想到她迅速镇定下来，并用诗歌般的语句完美地回答了提问，获得了热烈的掌声。从此在他的心里，就有了这个爱折星星的女孩。

渐渐地，他们的聊天多了起来。深秋的晚自习后，他们一起出来，他问，要折这么多星星干什么。她抬起头，眯起眼睛说，你看，这城市的夜晚已经看不到星星了，我就要折尽天上所有的星，带给自己每一夜的好梦。她的声音和着白气冉冉上升，那一刻他真想说，让我带给你一生的好日子吧！可是他不敢，他什么都没有说，只是陪她走到宿舍楼前。

春天的时候，他终于鼓起勇气，请她周日去登山。山顶上，他采了所有的野花，为她编了一只花环。她惊喜地接过，赞叹着。他轻轻拥她入怀，在她耳边说，让天上所有的星，地上所有的花，为我们的一生祝福。她笑了，戴上花环，她是他的女王。

日子一天一天地过去，她脸上的笑容越来越少。初夏的晚自习后，她说，她的父母不能接纳他，要她出国继续读书，她的兄长也在为她办理各种手续。他心急如焚，跑去她家。那是他第一次上门，看到满屋的堂皇，看到她父兄不满的神色，看到她昂贵的丝质睡衣，他深深地自卑了。他在她的泪眼下溃退，仓皇离开。深夜的星空幽暗而苍凉，他悲愤地大喊，我不要天上所有的星，我要天下所有的钱！

第二天她还是坐在他边上，可是他却觉得如坐针毡。他不敢看她，心如刀绞却又无从说起。快毕业的时候，她出国了。班主任以一种兴奋的口吻报告这一好消息，引来同学们的惊叹和羡慕。她默默地把满满一瓶幸运星放在他的书上。他心里一阵剧痛，握着她的左手，没有说一个字。

她走的那天，几乎全班都去送行了，他没有去，在家里睡觉。后来她来过几封信，他不看也不回。慢慢地，她也没了音讯。他去相亲，自己找女朋友，把自己安排得很忙。只是，再也不能踏上春天的山顶，再也不能，仰望晴朗的夜空。一年又一年，他有了一个叫琴的女孩，文静的，安然的，很合父母的意，于是也就商量着结婚吧。就住现在自己的房间，和父母一起，也图个方便。

那个冬天的晚上，他正在给琴煮一个汤，电话响了，他让琴去接。一会儿琴说：找你的！他不耐烦地熄火擦手去接。电话里传来他记忆深处想忘也忘不掉的声音，是她！她回来了，笑着说找遍了全世界才找到他的电话。她说请他吃个饭聚聚。顿了一下她又说，请他们两个一起吃。那个晚上他不知道自己是怎样过的，他只是在琴走后，从床底下，找出包了好多层的那个玻璃瓶，看着一瓶的星星，泪流满面。

第二天他特意带琴去买了件漂亮衣服，琴开心得大眼一闪一闪，他在心底长长叹息了一下。晚餐时他和琴落落大方地出现在她面前。她很热情地招呼琴，夸奖她的美丽，并说他们要先分糖给她吃，因为她才回国，

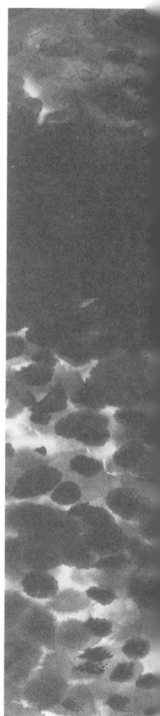

还没有男朋友。琴很激动地说，找男朋友一事全包在她身上。这一餐吃得宾主尽欢。席尽人散，出门的时候，他们都不约而同地抬头看了看天空。寒夜的星星，寥寥无几。她笑着对琴说，当年还以为自己能摘到天上所有的星呢！她的笑声和着白气一直升向天空，就像多年以前一样。他呆在那里，仿佛看到了当年的自己，当年的她。

临别的时候，他们都留了联系方式，但他知道，他不会去找她了。虽然在梦里，他一直一直那样热切地寻找着。他们站在那里，看她开着自己的小跑车离开，而他，带着他的琴，坐了一趟昂贵的出租车。

车上他对琴说，我们家要好好理一下了，有些东西得扔了，不然你怎么搬过来呢？琴红了脸，幸福地点了一下头。

天上所有的星！他心里狠狠地痛了一下。

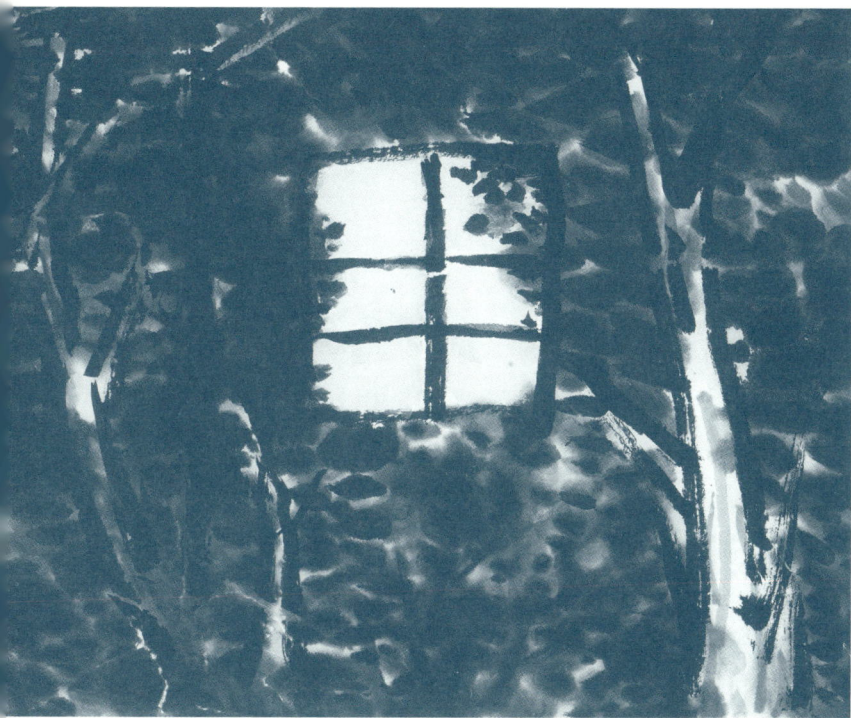

山雨

难挡

盛夏酷暑，周末驱车前往天目山散心。

太阳，是山的母亲吧。照耀着，葱茏着连绵不绝的群山。一进入山区，阳光就不再炽热了，而是柔和明亮的，引领着人们走向山的深处。

泉，是山的孩子吧。在山的体内孕育，积聚，然后从每一个裂隙中源源流出，是那样柔弱而清纯。山，用它的枝叶呵护着，用身体引导着泉水一路前行。那一泓泓大大小小的池塘，仿佛是孩子对父辈的依恋，辗转反复，最终欢呼着跳跃着，奔向远方。

风，是山的挚友吧。微风拂过，听树梢呢喃，似乎在轻轻述说心事。大风吹起来的时候，看林子里松涛阵阵，从山脚直上山顶，又翻滚而下，耳边仿佛听到男子汉的朗朗长笑，豪气顿生。

而雨，我想，是山的恋人了。傍晚时分，太阳将落未落，山头上腾起一片片云彩。此时的山，绿得特别幽深，静得可以听到它沉重的呼吸，感受到它对雨的渴望。远远地，飘过来一阵烟雨，淅淅沥沥，小雨下起来了。雨是羞涩的，轻柔的，而山，用它每一片树叶的湿润和碧绿，来展示自己的喜悦。

雨渐渐密起来了，雨滴在树叶，在池塘，在蜿蜒小径上欢唱，树枝摇曳着，呼应着。此时的山，笼罩在雨海里，天地间白茫茫一片，只有唰唰的雨声，那天籁，是缠绵，是爱人间无言的倾诉。

　　雨越下越大，声振林樾。它把自己全部的热情倾泻而下，每一颗雨滴，在将自己砸得粉身碎骨的那一瞬间，开放成最绚丽的水花。没有人声，没有狗吠，没有鸟鸣，任何的言语此时都显得苍白。空中电闪雷鸣，仿佛是它们忠贞的爱情，让天地都为之变色。

　　一夜无语，唯有雨声。早晨起来，雨歇云散，阳光淡淡地照耀着。空气清新而甜蜜，林中充满了湿润的芬芳。再回到市区的时候，满耳都是钢筋水泥丛林的喧哗，收音机里传来一首又一首的情歌。而我知道，昨夜的山，昨夜的雨，它们已经展示了大自然的爱。

　　大爱无言。

执手初心

仲夏的天荒坪

山路蜿蜒如练

夜风的丝绸缠绕

而竹林如海　繁花似锦

天池明镜

映照你半百的

生日

很多年以后

我们还会是一对

在栀子花下轻吻的

老人

让所有黄昏中掠过的燕子

在每一个夜晚

为你我

呢喃

一

初相识的那个夜晚，正是早春时节，华灯初上。你二十四岁半，骑一辆大大的自行车，在雨后的梧桐树下，对我微笑点头。如今，又一个二十四年半如烟飞逝。青春，就像一只快乐的蝴蝶，在岁月的丛林里匆匆一闪而过，你我都不再年轻了。

今年，你四十九岁了。暮春时节，特地请了方家，为我俩刻了一方闲章，又定制了一套紫砂茶具，把印章刻底下。为时两个月，终于在这个仲夏，我们能够凭湖而坐，用特别的器具，慢慢品一壶好茶。

有太多往事，供你我细细回味。有太多变化，使你我深深感叹。有太多沧桑，让你我依依不舍。有太多将来，为你我徐徐展望。呵，吾爱，无论光阴怎样飞逝，容颜如何苍老，请记得那最初的夜晚，大雨初歇，繁星闪烁，好春正来。

二

今天，二〇一四年的最后一天，是我们回国的第十一个年头。你告诉我，新加坡的房子卖掉了。虽说早就知道，但是我的老心啊，还是有点苍凉。

那是在新加坡旅居的第二年，为了迎接还没出生的儿子才买的。去看房子的时候，发现光线明亮，装修得很新，设施齐全，房东家一岁的宝宝在小小摇篮里安睡，一下就喜欢了。

那时才赴新不久，我们的公积金账户里没有什么积蓄，而我因呕吐厉害，也无法上班。为了省钱，你和朋友们亲自动手，把房子粉刷成淡绿色，配着洁白的瓷砖地面，还有从杭州带去的窗帘，让这个异国的家，也有了故土的味道。

为了省下每一分钱给孩子,什么都是尽量简单。连电视机,都是直接坐在地上的! 还记得那个冰箱吗? 是我们第一次的意见分歧。好在最后发现了一只冰箱,是我喜欢的样子你希望的价格,看来上天也是很眷顾我们的!

　　还记得沙发不? 大腹便便的我,一直想要一个沙发。那天在楼道里,看到一只木沙发。当时的我们,还不知晓,凡在楼道里放着的,都是邻居们不要了,可以随意拿取的物件。我们在黄昏时分,做贼一样把沙发搬回家里,锁在房间好几天,确定无人认领,才正式拿来使用。你还买了两个大软垫,让我更舒服些。

　　直到儿子一岁多后,我们才买了一只白色真皮沙发。配上原木茶几上艳黄的玫瑰,成了家里最养眼的景致。儿子两岁多时,那个傍晚,你还没下班回家,我在厨房烧饭,儿子在客厅玩耍。然后他对我说:"妈咪,我写字了!"我一边炒菜,一边表扬他:"宝贝,你会写字了啊,真了不起! 多写点哦!"等我从厨房出来一看,我最喜欢的白色真皮沙发啊,画满了长长的圆珠笔线条,儿子则骄傲地站在一边仰着脸,等我表扬他呢! 我只好抱起他,亲亲他的小脸:"宝贝,你的字写得真好,线条又长又直!"

　　还记得吗,当年儿子怎么都学不会骑自行车,我们扶着他的脚一前一后地教得满头大汗,可是一放手,他还是两脚一齐往前! 后来那辆小自行车就一直放在门口的过道里。有一天你

回家,大叫着要我出来看,原来儿子居然骑在上面,不知道什么时候学会了呢!

还记得吗,卧室的窗口,可以看到对面教堂的尖顶,每个儿子不眠的清晨,都会从那边传来纯净的歌声,如天籁一般安慰当时疲惫的身心。还记得吗,是用竹竿晾晒衣服的,每次都是我晾好了,你再一把撑出去,像彩旗一样飘荡着。

那个家,是我们初为父母的地方,是我们从青年走向中年的过渡,每一件家具,每一块瓷砖,都有着难以忘怀的记忆。回国的时候,我们快乐地锁上门飞回故乡,以为不久会再回来的。而如今,却已经卖掉了。现在回头想想那小小的两室一厅,觉得逼仄挤迫。但当时,却是我们留恋的天堂。现在才知道,我们一路走来,一路都在和过去说着离别,不管如何不舍,却再也无法回头。

今天,是这一年的最后一天,儿子已经长得和你差不多高了。你我渐渐老去,但是呵,吾爱,因为有你,只因为有你,再小的家,都是乐土,再老的容颜,都是绝色。

三

午间,你发来一个微信链接,说一定要打开看看。那是一个名叫"茶田吾舍"的介绍。图片上,一座茶园里的木屋展现在眼前,只要一眼,就能认出是青芝坞的茶园,是当年我们曾经寄居过的小屋。一时间,所有的回忆、感慨,如潮水般席卷而来,将人淹没。

一九九三年,我们初相识不久。那时的青芝坞,人烟稀少,茶山葱茏,一条细细的石板路,如诗般蜿蜒伸向远方。空气清冽而芬芳,正适合病重的妈妈休养。于是我们租住了当时只有两层楼的简易农家房中的一间,我和妈妈住在那里。每个黄昏,你都穿过大学校园来到这山间小屋。我们曾在夕阳下的茶园里漫步,也在窄窄的屋檐下看过雨滴,我淡淡的琴声,也曾在满月的夜空里如歌飞行。那静静的山坡，定格过我们年轻的容颜，那山间的清泉，流淌过我们最好的年华。只是当年的我们，从来没有想过把这小屋改造成一间民宿，开一家餐厅。也许，我们最终的归宿，并不在那里？

周日，请了木工，在阳台上新做了榻榻米，放上一把大大的藤椅，你就可以随时窝在里面，打盹晒太阳。晚上，阴冷潮湿，寒意逼人。我们围着一只油汀，坐在沙发里。那一刻，突然就明白，原来，原来我们就这样老了呵！两鬓白发丛生，皱纹爬满额头，在炉火边，睡思昏沉。

细细算来，你我相伴，已超过年龄的一半了。这二十多年的岁月，我们远赴重洋又回归故里，一起养育孩子，一同慢慢变老。有过争执，有过别扭，但好在总能雨过天晴。如今中年的我，还能通过湿润的双眼，穿越光阴的尘埃，看到你当初纯真的笑靥，当年你青春的身影，这又是何其的幸运！

芳菲四月的时候，茶田吾舍即将开业，约好了一起去那里用餐。当我们执手走过青芝坞时，那里茶园想必苍翠依然，而当年我们初相见的年少的心呵，还一定和从前那样同时搏动着。

四

今天，是我们结婚二十三周年的日子，而法定意义上的结合，已是整整二十五年了。四分之一个世纪，就这样如水一般流逝，我们早已不再年轻，可是那些青春的记忆呵，恍若昨日。满天的星辰，还在我们初相见的夜空里熠熠生辉；金色朝阳，还在我们新婚的客厅地面上闪闪发光。校园外的田野上，艳紫的喇叭花还在黄昏的荫凉处吹奏着你我的恋歌；而小溪边的萤火虫呵，依旧明明灭灭地照出我们相拥的剪影。

这世间最大的幸运，就是在最好的年华里，遇见最合适的人。相信又一个四分之一世纪之后，我们还会相互依偎着，用昏花的老眼，翻看从前的相簿，而清晨满地的露珠，还像我们年轻时一般闪烁着宝石的光芒。我们会在午后的阳光下拉着手打盹，让满堂的儿孙，见证你我的爱情。我们会用蹒跚的脚步，慢慢踱出花园小径，而全世界的五湖四海，都印有我们一生的足迹。呵，吾爱，你看这天边的每一朵流云，都在低吟着你我的名字。

真爱如水

车子限行，所以早上就沿着苏堤慢慢走去上班。七点半的深秋清早，空气寒冷而芬芳，有一股晨间特有的味道。苏堤上人来人往，倒也并不冷清。

身后两人聊天，听得出是一对老夫妻。老太太说早上喝太多了，又是吃药又是豆浆，想去厕所了。老先生有点得意地说，我还喝了一碗粥呢，一点都不想去，可以走回家再上。老太太于是羡慕了：你的肾是比我的好呢！

老先生接着这个话题：所以叫你吃药呀，你又不听。老太太娇嗔道：我就是发个嗲说说自己不舒服罢了，你也不要这样当真！

然后两人又聊到早上吃什么比较好，老太太意思是早上不要做豆浆，时间太紧，急急忙忙的她也不喜欢，放到下午睡觉起来后再做。老先生说不喝豆浆早餐没有营养了。老太太建议泡奶粉喝，老先生有点遗憾地回答，奶粉天天喝，一下子就喝光了呀！老太太这时得意地告诉他，还有一罐呢！在电视机下面的柜子里，不喝也会坏的。

两人就这样絮絮叨叨，慢慢地沿着苏堤，在深秋的晨光里散步。走到曲院风荷，两人相互扶持着上了一座桥，渐渐消失在色彩斑斓的树丛里了。

这是一对最普通的老夫妻吧，穿得干干净净的出来散步，为家里多了一罐奶粉而高兴。两个人经年累月地

生活在一起，什么是最爱，什么是不爱，已经说不清道不明。这是他们被感情浸透了的生活，是他们最平凡的一天。没有缠绵悱恻，不必山盟海誓。平淡如水，却深深知道，无论在何处，总会有另一个相伴左右，不离不弃。

从青春走向暮年，那些光芒万丈的火焰之后，是平淡表面下暗藏的温度。每一天，每一个小问题的商量，这些生活的所有细节，都并非出于表现情感的需要，而是一种本能，就像空气和水一般浸润了整个生命。

他们就像鱼和缸。老太太是鱼，老先生是缸。没有了鱼，缸是空的。没有了缸，鱼无处安家。而爱情，就是那一缸水，无色透明，却一刻也离不开。

最后的凝眸

我曾经是那样　无望地爱着你
在料峭的早春枝头
用我嫩绿的青春
向你绽放最初的爱恋
而满目的新绿呵
让你从未曾留意　这一片小小的心

我曾经是那样　无望地恋着你
当月光　如水般倾泻
我用全部的生命
舒展出一生的爱意
而夏日的树梢呵　华盖亭亭
你又如何在意　这一点点绿荫

当秋水无声流淌
当所有的繁花渐渐凋零
当我的一生
已变成一颗　滴血的心
轻落在你脚边
你　却在这最后一刻
为我驻足

桂花开了　满山的香
秋风起了　一地的黄
我用尽自己残存的一点美丽
让这一抹秋红
明艳　似少女的笑靥
绚丽　如满天的晚霞

这最后的凝眸
在向你告别
对你诉说
曾经是那样
无望地爱过你

爱太短 遗忘太长

闲散的午后，约了去喝茶。古老的运河边上，深秋的阳光暖暖地照耀在波光粼粼的河面，有三三两两的货船，在眼前慢慢开过。

从来都没有这样近距离地仔细观察过一只货船。它有宽大而扁平的货舱，满载的时候，水面几乎和船舷齐平。船的另一边，格子笼一样的小房子，就是船主生活和工作的地方了吧！它们看起来都风尘仆仆，显示着年代的久远和生活的艰辛。有一条载满了沙石的货船在面前缓缓开过。船身满是斑斑锈迹和泥痕，已经看不出它原来的色彩。可是等货舱开过，它的小房子也展现在眼前的时候，却发现，它小小的甲板是淡蓝色的，被洗刷得干干净净。两根桅杆上横着细绳，晾挂着一两件衣服。靠着窗口有一个简易的木头架子，上面怒放着几盆艳丽的菊花，在秋阳下，在河风里，显示出一种夺目的色泽。

那是怎样一种动人心魄的美丽！如此繁重的工作，如此漂泊的生活，如此简陋的蜗居，却有这样的闲情逸致，在小小的甲板上，种上当季的花朵。那是一个男人吗？忙了一夜，船上满载货物，顺利起航的时候，他洗好汗臭的衣物，随手把岸上新开的花放在小小的木头架子上。那是一个女人吗？当她在繁华的城市中心顺水而过，岸边都市女人们矫情地喝着咖啡或茶的时候,她却在浆洗衣物,种花侍草。那是一对夫妻吗?是不是也会在晴朗的月夜里,依水而泊,尝一条刚钓的鱼,赏花,品酒?

千百年来,运河上航行过多少条船只,流淌过多少故事?他们的爱恨情仇,在岁月的长河里,如同一朵转瞬即逝的浪花。但是在他们的心里,那是一生,是一辈子,并且世代相传,他们的后人,并不敢轻易遗忘。呵,爱太短,而遗忘太长。

转过河边,是一些铺着石板的古老巷子。低矮的屋檐,粉墙黛瓦,小小的木质窗户触手可及。巷子特别狭窄,仅可供两三个行人擦肩而过。而让人感动的是,在这样逼仄的巷子两旁,家家户户都种满了各式鲜花,窗台上、屋檐下、门口的两三层小架子上,挨挨挤挤,把一条小巷子,开成了一条花街!

站在一座不知名的小石桥上,看着脚下的花街。深秋的阳光金晃晃地铺泻着,盛开的花朵在微风里轻轻摇摆。几个路人走过,还有一个蹒跚学步的孩子,正对着自己的影子好奇。一只小猫懒懒的从巷子里穿过,转过街角不见。这是怎样一种安宁的美丽啊!远处林立的高楼里,传来都市的喧嚣,还可以听到运河上,货船开过的声音。但是所有的一切,此时此刻,却如此遥远而模糊。

这些小巷子,该有几十年上百年的历史了吧。曾经住在这里的人们,也许早就搬迁了。可是当年,也会有过丁香一般的女子,在雨中的巷子里淡淡走过的吧?也会有过几个不眠的夜晚,是因为爱情,而一直明亮着的吧?他们的爱恨情仇早已如烟而逝,而今演绎的,是新的情感纠葛。但是这几十年,以至几百年几千年来,总会有这样的小巷子,总会有这样阳光下的花朵,总会有牙牙学语的孩子,以及小狗小猫的身影。一个人一生中短短的爱与不爱,这些小路,这些岁月,都是知道的吧?它们不会遗忘,它们就在那里,静静地,一遍又一遍地,在花开花落里,细细讲述着。

呵,爱太短,而遗忘又太长。

散步随感

一

在一家绸缎店的橱窗里，看到一套美丽的衣裙。那是夏天穿的真丝裙装，外面是一件淡绿色的长衫，仿佛一片荷叶，衬托出里面花朵般的无袖洁白长裙，裙摆处用墨笔画了一朵将开未开的荷花，就像那最好的二八年华。

才看到就喜欢上了，在白茫茫的烈日下，这样的裙子，让无论是看的还是穿的人，都会自然地感到丝丝清凉，宛如一朵安静的莲，有着自己的故事。第一反应就是，哎呀，快点减肥了，夏天好穿。转念一想，真丝无袖，从来都不是自己能穿的衣服。随着年龄的增长，估计只会越来越肥，更不可能瘦到可以露出胳膊。这样雅致的韵味，要是穿在猪一般的身体上，估计连那裙摆处的荷花，也会伤心凋谢的吧！

默默走过橱窗，都没有再回头看一眼。终于明白，悦纳自己的不足有多难。终于懂得，好多东西从来都不是为自己准备的。终于知道，喜欢不一定要拥有，远看就好。

二

傍晚 去买水果，迎面看到一位胖胖的小姑娘。看起来像个初中生，个子小小的，老老实实地背着书包，从小路的另一边慢慢走来。

她并不美丽的脸庞上，有着幼稚的迷茫，浑圆结实的手臂，散发着青春的活力。黄昏浓郁的栀子花香里，这个迎面而来的小女孩，仿佛就是年轻的我，穿过岁月的尘埃，展示着当年的自己，除了青春，什么都没有。

可是，为什么，当晚风轻轻拂过我中年的面颊，心底，会升起永恒的悲凉和苍茫。为什么在这样一个芬芳美丽的仲夏傍晚，天空中会飘荡着淡淡忧伤。是不是所有的一切，都要在失去以后，才知道珍惜。是不是所有的快乐，其实，都抵不过青春无敌。

三

对面 人家的阳台上，晾晒着不少鞋子，还有一块漂亮的门垫，在酷暑的艳阳里，五彩地斑斓着。一盆翠绿的植物，在阴影处静静舒展，仿佛有无限诗意淌满了整个黄昏。而其实，室外温度接近四十。现实与风景，总是有一个大大的缺口。

忽然明白，哪一种生活，不是漏洞百出？也许正因为有了无处不在的缝隙，才会有阳光照耀进来，才能从缺憾中观照自身。那光芒下舞动的尘埃，是风吹来的沙，是树上的疤，是一个淡淡吻痕，是身上的一小块难以平复的刀记。阳光下，生命中很多伤痛与无奈都被隐蔽，只留下光芒形式的呈现。那些遥远日子里我们终究没有停留下来的风景，那些擦肩而过的眷恋，那些无处不在的惋惜与失望，在落日长河里，渐渐磨砺成珠。

四

御街

一家小店铺里，看到了时下很流行的可丽饼。那是一片小薄饼，包着一些时令水果和冰淇淋，外加一点点奶油。刚拿出来时，还有微微的温暖，加上鲜艳欲滴的草莓，真是清新淡雅，甜美可人。正如那初开的情怀，最早的青春。

小店铺的墙面上，贴满了写着各种各样心境和祝愿的小纸片。慢慢读着一张又一张各种笔迹各式语气的纸条，如同一头撞进了五彩缤纷的青春时代，看到众多鲜活的年轻生命。

拿着可丽饼走出店铺，御街两边行道树上挂着彩灯，那飞速下滑的灯光，宛若流星飞雨，撒满深秋雨后的天空。突然就这样觉得，自己走回了从前，一切都才刚刚开始。而我们活过的刹那，前后皆是暗夜。

西湖晚情

荷花若隐若现
画舫时远时近
双浴鸳鸯出绿汀
棹歌清

细雨忽疏忽密
秋天半雨半晴
红粉相随西湖晚
几含情

杭州

一

最爱的，是杭州的城隍山。因为离家较近，常在晚餐后跟着父母出来散步。从鼓楼出发，沿着歪歪斜斜的石阶，拾级而上。两边是低矮的平房，有着破落的门窗斑驳的泥墙。春天的时候，带着自己心爱的小鸡小鸭一同出来，总会在十二生肖的石群中将它们走散，然后在渐渐四合的暮色中，一步三回头地被父母拉回去，一边还在不甘心地大声呼唤，奢望着小鸡小鸭黄黄的身体会突然出现在石缝里。那份无奈，混着初春傍晚的甜蜜，还一直一直在我脑海里芬芳着。那时候，我还小，父母正壮年。

年轻时最喜欢的，是高高的北高峰。绵延不绝，一路好风光。从浙大后门开始上山，在长长的山脊上一路向北高峰行进。脚下是我熟悉的城市我的校园，而当自己上了山站在高处往下看时，所有尘世里的烦恼，都淡淡而去了。眼中只有满目的绿，满眼的蓝天，满心的欢喜。累了找块石头坐下，青春的汗水随着劲劲的山风飘散。当恋人第一次为我穿起山花的环，戴上树枝的戒指时，有风为我们的爱情赞叹，有云为我们的真挚动容。如今又值金秋，山上一定也如当年一样，明媚动人。阳光丝丝从林间落下，那里，是否还依旧舞动着爱情的精灵？

现在的我，常走缓缓的孤山。喜欢它的安静淡然，就像巴赫的无伴奏小提琴曲，纯净优雅。初春的时候，我看那新绿点点从山路边泛起，风带来年少时的飞扬。夏日里，坐在路边看婷婷荷花满池，有清香扑面。而秋季，是我最爱。桂花满枝，空气香得仿佛有了实质。山上的树林有了丰富的色彩。而那林间的小花呵，依旧可人。慢慢走在山路上，可以什么都想，什么都不想。只是看山看水看树看云，听风长吟着从湖面掠过。人生的秋呵，渐渐喜欢安静，喜欢一种大度的雍容。

杭州的山，是我的最爱，有我一生的印记。

二

早晨 起来，喝中国的牛奶，吃法国的面包，开德国的车，听意大利的歌曲，穿过高楼林立的城市去上班。太多的相似，恍惚间，常常不知道自己在什么国家，在哪个地方。只有路边的树，在忠实地诉说着，那是中国江南的杭州呵。

繁华市区的路边，种满了梧桐树，盛夏时分，就像一位母亲，用力撑开一个个大大的树冠，让杭州有了一分绿色的清凉，一种悠然。少年时，窗口外就是两棵高大的梧桐树。每当晴朗的晚上，树影婆娑，月光点点透过，洒满木质地板，晚风带来梧桐叶的轻吟。而暴雨的日子，雨滴声声打在大大的叶片上，让人想起古人诗句：雨打芭蕉深闭门。到了秋天，满城的香，那是桂花的天堂。我也曾在苏州闻到过桂子清香，但总没有杭州的热烈和肆意奔放。更不说冬季的樟树，在凋零的百树丛中青翠依旧，孤山边的蜡梅又在暗香浮动。这些都是杭州特有的树木，杭州特有的风景。

我最喜欢的，是春天的垂柳，那是杭州的代表。早春时节，看那新芽点点，柳丝在春风中摇曳，犹如一团轻烟在湖边盈盈欲飞，随时都会飘向淡蓝的天空。而深绿的树干则深情款款地将它挽留，于是那柳丝儿，就时时抚着湖水，和初醒的鱼儿玩耍。初春甜蜜的空气里，也因此有了一种不张扬的快乐。那是只有杭州西湖边才有的树，才有的那一份诗意。我也曾在新加坡的小河边，在苏州的小巷里找到过几棵，可都垂头丧气默然无语，没有了西湖边的灵气。

在越来越相似的城市里，早已没有了人群、建筑甚至食物的区分。只有那些路边的树，默默地体现着一个城市特有的气质。杭州的树，是杭州的守护者。

三

杭州，因为山而清秀，因为水，才显出灵气和性情。

水是温柔的。还记得儿时一个三月的早晨，春寒料峭，年幼的我穿得厚厚的，跟着妈妈走在梅花碑的小河边。河水缓缓流淌，岸边的垂柳上，点点新绿，仿佛一层轻纱，淡淡地罩在河面。河水静谧无声地流过，妈妈轻轻告诉我"春江水暖鸭先知"。风很冷而妈妈的手很暖，那种慈母的温柔呵，一如流水，在我生命的长河里，涓涓不息。

水也是顽皮的。年幼的水蹦跳着从石缝里钻出来，欢笑着汇成小溪，在杭州的山间玩耍着，行进着。山色，因为溪水而更润泽，因为那一泓清泉而更灵动。而山边的小路呵，因着溪水，才会款款深情如许。湖里的水，是不是因为这一份顽皮，才这样清透，这样让人捉摸不定？少年时的初秋，和同伴们相约划船。划离岸边后，突降大雾，四周被白色笼罩，前后望不到边，只有桨下的湖水，静静的，调皮的，不让我们靠岸。一路高声谈笑的我们，一下子安静了下来，或许是这无边的白色让我们敬畏，或许是犹如天籁的水声让我们迷茫。精疲力尽的我们个个躺了下来，第一次，好好地倾听，好好地体会，直到雾气散尽方得回岸。

杭州的水，更是感性的，多变的。不要说那些著名的诗句，不用提那些美丽的画面。看她晴时笑雨时泪，阴霾的日子里无边的忧郁。早春时节，空气芬芳清甜。水是嫩绿的，透着娇柔，就像孩子熟睡时安静的小脸，处处充满生机。盛夏的暴雨，大珠小珠洒向水面，如少女含嗔，热烈而奔放。傍晚时分，雨收云散，有长风吹过，湖水荡漾，传来荷花的清香满池。而秋天，是最适合坐在湖边，什么都可以想什么都可以不想的。只看那一池秋水，温润如玉，婉转自然，仿佛一位静若美玉的女子。秋荷残残，鱼在水里泛起浅浅的涟漪。有雨的时候，看丝丝秋雨，点点滴滴，都上心头。阳光灿烂的日子里，杭州的桂花呵，让这一湖水，也变得诗意而芬芳！而冬日的湖水，映着淡淡的天空，白鸟在水面上掠过，就像一位老妇，微笑着，看别人的春天就要来临。

小溪，运河，湿地，西湖……杭州，因为水而美丽，因为水而灵动。水，是杭州的精魂。

苏堤秋早

一

苏堤，是北宋元祐五年 (1090)，诗人苏东坡任杭州知州时，疏浚西湖，利用疏浚的淤泥构筑，并历经西湖后世演变而形成的。长堤卧波，六桥烟柳，是恋人的必行之路。

每天早上，都是开着车从苏堤前经过，沿杨公堤去上班。真正地走完这十里长堤，大约是很多年前的事了吧！上周车子被撞坏进了4S店，要过一个月无车的日子。于是想着，这样秋高气爽的好日子，就是该用来走苏堤的。

六点四十分出门，朝阳初升，湖面上洒了一层淡金色，有薄雾弥漫。昨天刚下过雨，空气清凉湿润，还带着几丝晚桂的芬芳。以前开车只能走大路，现在可以慢慢地散步在湖边小路上了。秋意渐浓，但杨柳依旧袅娜，青丝若烟。金色初阳斜斜地穿过柳枝，落在碧绿的草地上。清朗的风吹过，秋叶如雨点般飞扬落下，间或还有几粒成熟的肥皂果，噼啪地落在地上，就会有游人惊喜地跑去，吹吹拍拍，捡起来端详。那是秋天的礼物吧！

　　沿南山路过净寺，再走不远就到了苏堤。本来以为大清早的，一定没有几个人，不想却是熙熙攘攘热闹非凡。成群结队的游客，或举着小旗，或是戴着一式的帽子，在导游的带领下拍照留念。好在不久后，大群的游客都到花港观鱼去了，苏堤上安然了许多。沿路看到各色人等，有花白头发的老人，有身着正装的职业人，还有穿着清凉的运动员。他们或三五成群或独自一人，有的钓鱼有的打太极拳，有的跑步有的骑车，各自用不同的方法享受着这美丽的苏堤秋早。

　　第一天走得急了，没时间拍照，身体又酸痛了好久。第二次有了经验，放松了慢慢走。时不时停下来拍几张照片，要不在桥上看看远处的湖光粼粼，听听小鸟在风中的欢唱。最后走到单位门口的小店里，买了一点零食。这样子停停走走，却只比第一回多用了十分钟！由此想来，快和慢，其实是心里的感觉。当心态放松了，慢慢地享受这个过程，不但不觉得累，还有一种满足感。相差十分钟，却是完全不同的品质体验。

要是走不动了，就停下来休息一会儿再走，随意则止随心而动，才能走得舒服又开心，还不累。人生，何尝不是如此。

二

秋天

本就是自己最爱。十月中旬，尚是仲秋时节，清晨的苏堤，湖面上淡淡薄雾弥漫，野鸭将醒未醒，随波漂荡，不时有几只把头从翅膀下伸出来，环顾四周，然后又安然睡去。空气清冽，桂子甜蜜的花香熏人欲醉。草地芬芳翠绿，几片新落的秋叶点缀其中，金色的初阳斜斜地抹在上面，仿佛还可以看到草尖上细小的露珠闪闪烁烁。湖边三三两两的钓鱼者，钓竿整齐地排成一排，而那白发的渔者，仿佛将军一般，审视着自己的队伍。

及至到了深秋，梧桐树的叶子变成金黄色，间或还有深红的枫叶夹杂。晴朗的早晨，朝阳像一只温柔的手，从云间伸出，那么轻盈那么光明，让人忍不住想要跟着它，走到林间，走到树梢，走到那淡淡的天空中去。湖面上的雾气更浓了，洁白的一层静静浮在水面。湖水清澈透明，可以清晰地看到水里深灰色的鲳条鱼在游动。而大雾的早上，湖面苍茫看不到对岸，常有老人静坐湖边，看着那水天一色。

有风的时候，秋叶和一粒粒的肥皂果和麻栎果就会如约而至。麻栎果小而硬，不容易踢，常常是自以为看准了，大力一脚飞去，它却迅速地滚到路边草丛里去了。碰巧对准了，轻轻一下往往也能踢得又远又直。肥皂果略大，有点扁圆形，外面还有厚而韧的皮，踢起来就容易得多了。但是要每次都踢得直且远，还真不容易。最开心的莫过于好不容易很小心地把一颗黄绿色的肥皂果踢到了桥顶，然后飞起一脚，看它顺着桥面笔直向下，一路蹦跳滚到几乎看不见。这时，站在桥顶，那种久违了的，孩提时代单纯的欢喜，会让一颗中年的心，再次看到一片六岁的天空。

初冬时分，下了几场细密的冷雨。早上起来，路面铺满了落叶，红的黄的绿的，衬着深灰色的地面，美得让人心悸。湖边新种的冬草绿得扎眼，上面布满了五彩斑斓的叶子，还有着昨夜雨水的湿润。阳光穿过厚厚的云层，淡淡地洒在上面，更有了一种流光溢彩的美。轻轻捡起一片，它柔软微凉，就像昨日的旧梦。叶片上色彩斑驳，还可以看到它早春时的一抹淡绿。经络分明的地方，有虫洞的痕迹，那是它盛夏时奋斗的经历。它见过早钓的老者，见过兴奋的游客，见过夜晚的情侣。如今这一切都在它绚丽的色彩里，成为大自然最美的见证。

一个秋季都在长长的苏堤上逶迤而行。有过不方便的时候，有过走得筋疲力尽的时候。但更多的，是一种不设防的惊喜，一种单纯的快乐。这个秋季，因为走路而与众不同，因为苏堤，成了我永远的牵挂。

痕迹

一

多年前的北宋嘉祐年间，苏轼赴任陕西，路过渑池，回应弟弟苏辙的《怀渑池寄子瞻兄》而作《和子由渑池怀旧》：人生到处知何似，应似飞鸿踏雪泥。泥上偶然留指爪，鸿飞那复计东西。老僧已死成新塔，坏壁无由见旧题。往日崎岖还记否，路长人困蹇驴嘶。

千百年来，这字里行间对人生来去无定的怅惘，对往事旧迹的深情眷念，让无数人低回不已。雪泥鸿爪，大雁在融化着雪水的泥土上踏过而留下的爪印，成了比喻往事遗留痕迹的最好成语。

而近日在西湖美术馆举办的深圳博物馆藏二十世纪中国书画精品展，就取了"丹青鸿爪"的展名。布展的时候，那七十件名家字画，一件件被小心取出，摆放在一张大桌子上。它们历经了近百年的光阴，沧桑而厚重，陈旧的裱边，老式的挂轴，都有着那个年代特定的痕迹。常常想，这是哪个芬芳的五月，大师临窗挥毫，师娘在早开的栀子花下细细缝上画套。又想着，会不会是一个雪后初晴的冬日，大师即兴创作，而师娘则在一边，用红泥小砂锅，慢慢地煲一锅好汤。而今，许多大师早已驾鹤西去，所有的这一切，都只能由画作来叙说了。

可是随着时光的流逝，纸质的作品越来越变暗发黄，装裱好的画轴也会有裂痕。那个留下爪印的飞鸿，早已远去，只有泥上的痕迹，让人无限留恋。而这融化着雪水的泥土，也会干涸变形，不能永久保留。那么，什么是能让人一直一直铭记着的呢？

在我写下这些文字的时候，正在播放着莫扎特作于一七八六年的《A大调第二十三钢琴协奏曲》，那柔美中蕴含凄切的思念，又不乏希冀的情怀，如晨曦中明亮的忧伤。甘润悠远的琴声，宛若赤子降临，仿佛心底的莲花开放，微痛，却又纯净无瑕。这首两百多年前的曲子，虽然已不是用当年的乐器演奏，更不是莫扎特本人来演绎，但如歌般的吟唱中分明又能感觉出几分孤寞与寂寥，依然让每个听到的人，激起心中阵阵涟漪。

无论字画，还是歌曲，抑或建筑，政绩，科学……呵，我们终此一生，都是为了在这个世界上，留下自己存在过的痕迹。茫茫人海，漫漫时间的荒原，每一个人都是孤独的，借助自己刻下的痕迹，寻找着能有共鸣的灵魂。不管那留下的痕迹是什么，终会在岁月的长河里被冲刷得一干二净。但是，那些希冀与渴望，那些高贵与纯净，就在相同的灵魂里生根成长，穿越千百年的岁月，依然鲜明而生动。

二

近期 单位里一个大展"曙光时代——意大利的伊特鲁里亚文明"开幕了。布展一周，亲眼看着空空的展台，慢慢地被一件件文物占据。它们有的是沉重的石棺，有的是破损的青铜器，有的是精美的陶制品以及华丽的金饰。

　　这些两千五百年到三千年前的文物，点校时就放在眼前的大桌子上，那么近，随时都触手可及，大部分的花纹都还完好无缺。这个在地中海的舞台上具有绝对统治权，并在与希腊、意大利半岛以及东方各民族之间的活跃联系中占主导地位的文明，曾经是那样的繁华，处处显示了一种优雅和精致。

　　展览中的一些香水瓶，小不盈寸，而形制饱满，色泽典雅。有件只有手掌大小的黑陶香水瓶上，绘有一位女子的形象，神态端庄，衣褶俨然。还有数不清的黄金饰品，象牙雕刻，青铜制品。看着这些文物，可以轻易地想象，阳光明媚的上午，一位娴静的女子，在沐浴之后，穿着洁白的亚麻布长裙，系上细致的黄金腰带，佩戴象牙雕刻的耳环手镯。她用橄榄油润肤，并轻轻洒上香水。呵，她是否会为了那腮边新长的痘痘而烦恼？她是否打算再调配新的护体香膏，以便给那位身穿盔甲的爱人带去一份惊喜？她是否会坐在窗前，用一只小小的陶酒杯，浅浅地抿一小口葡萄酒，看着远方一只小鸟掠过？她是否会知道，几千年后，她用过的那只香水瓶，被奉若珍宝地放在高高的台子上，而美人芳踪已杳？

柜子里，还有一只两千多年前的陶猪，肥胖滚圆，翘起打圈的小尾巴，栩栩如生，萌态十足。就像伊特鲁里亚人那样，处处显示出对生命灵敏律动的理解，懂得短暂而永恒的天真。他们的生活，平易自然。宴会时，宾主都是半坐半躺在床上，一只手支着靠枕，一手举着酒杯。因为他们知道，这样子吃喝是最放松最舒服的姿态。而且他们相信，那些逝去的人在另一个世界，还是喜欢躺着喝酒，并时时唱歌舞蹈。因此面对死亡，他们依然保持乐观童真的心态。那些石棺也是优雅精致的生活状态的延续，用上好的雪花膏大理石雕刻而成，人物面部表情庄重祥和。这是对生命的尊重，对活着的在意。

文物最后全部上柜，封好玻璃，打上灯光。它们就这样站在那里，遥远，冰冷。其实，就算曾经和它们肌肤相亲，那也只是距离的远近。如何跨越几千年的光阴？如何走过几千公里的长路？又如何能真正从遗存的痕迹里，理解那最初的繁华？

终于布好展览，走出大厅。阳光就这样越过几千年的尘埃，照耀在如今的香樟树上。当年的美人早已成灰，当年的那些爱恨情仇也散若云烟。只有这些文物，无言地把千年的故事，静静述说。在时间的长河里，百年只是一瞬间。生命因为短暂而更显珍贵。而灵魂，却能在几千年后，依然告诉人们，在这世上，我们曾经来过，我们曾经活过。

红大衣

临时公干，走出没有阳光的办公室，来到冬日的老街。

街边橱窗里，挂着各式最时尚的服饰，让这个暖洋洋的下午，流动出一种淡淡的散漫和前卫。

很少一个人这样随意地逛街了。少女时代，也曾为了一个约会，为了一场活动，到处找衣服。或结伴而行，一边吃着零食一边评头论足，或独自一人，两手插在袋子里，慢慢地一条街看过去。多年以后的今天，突然又有了同样的境遇，心里的感叹，一如这冬日的阳光，淡淡的，却又无处不在。

远远地，就看到了那件橱窗里的红大衣，艳艳地夺目着。渐行渐近，看清了，设计得简洁而优雅，正是我一贯喜欢的类型，红得热烈沉静而不粗俗肤浅。忍不住推门进去，服务员立刻热情地取下让我试穿。镜子里的大衣，还是红得一如既往，可是镜子里的自己，为何如此别扭？

在服务员真真假假的赞美和惋惜中，静静地看着红大衣又穿回模特身上。午后的阳光给大衣镀了一层浅浅的金黄色，让这红，更流动更夺目。那样的美，不属于我。

　　记忆中，只有新婚时，才有一件红衣服，穿过几回后早就不知去向了。一直不喜欢红，觉得那样奔放的色彩，应当是肌肤胜雪、明眸皓齿的美人才能穿的。自己年少时最艳的色彩，也只有过紫，深深浅浅的紫，一路朦胧着我的青春。而今，衣橱里只有黑白棕。现在的年纪再去穿红，仿佛一颗不服老的心呵，死死拽住最后年轻的尾巴。

　　或许真的很老了以后，会穿红吧。当人生已近尾声，当很多的路都已走完，所有的泪所有的笑都静静收起，所有的爱与恨都淡成一缕阳光的时候，我会用我一头的银发，衬一身艳红的大衣吧，坐在窗口，微笑着回想起现在的自己，如何在这个冬日，一步一回头地，走过挂着红大衣的老街。

没有人烟的地方

细雨 的冬日午后，去云栖散步。

冷风更兼斜雨，路上行人稀少。转过几个弯，走进小路，就更静谧了。没有车声人声铃声，平时熟悉的都市喧嚣，都远远地挡在了厚重的云山之外。但这里却一点也不死寂，而是处处充满了生机。除了绵绵不绝的细密雨声，还有风穿过树林的呢喃，有远处小鸟的一两下啼鸣，更有湿润的树叶缓缓落下的，轻轻的，轻轻的声音。

忽然就觉得，这样没有人烟的地方，是不该贸然闯入的。地面石头缝里的苔藓，绿得醉人，似乎不知冬已至，兀自含笑如春风，这又怎能舍得一脚踏上，径直走过呢？

前边一棵火红的枫树，在深绿色的竹林里，静立着。雨水把它的叶子洗刷得干干净净，它娇羞地站在那里，沉静安然，但它把一季都没有用上的红，用得透彻而纯粹，它的生命之火，正在熊熊燃烧！这又怎能舍得置若罔闻，径直走过呢？

远远地，一株黄得耀眼的银杏，好像把一生的阳光都集中到树叶上了。它的叶子像一只只待飞的蝴蝶，青黄的、嫩黄的、金黄的，只要微风轻轻一吹，就会在空中翩翩起舞。树根处方圆近二十米的一地黄叶，那是树的长歌，是它一生的回顾。这又怎能舍得熟视无睹，径直走过呢？

虽说已是冬季，但因了今年的闰九月，林子里还是一片深秋景致。层层叠叠的树叶，绿的、黄的、红的，在雨水的洗润下，有一种沉甸甸的质感，仿佛它们是厚实的，承载着它一生的重量。常常觉得，叶子，是树的表情。初春时节，树枝依旧沉稳苍劲，可是那嫩绿的新叶，薄得透明，可以透过它看到阳光淡淡地穿过，听到它轻轻的微笑。及至盛夏，叶子又宽又大，绿得逼人的眼，在骄阳下沉默，在暴雨中朗声长啸。而到了秋季，是色彩的盛宴，是树木的演出，是叶子的舞台。

那漫山遍野的落叶，不停地飘落，厚厚地覆盖着大地，已经看不到地面的泥土。那是树叶和根的对话吧！它们从根部发育成长，吸收根部输送的营养。越长大，离根就越远。只有到了秋天，才叶落归根。那是子女对父母的报答，是久别的恋人再次相聚的拥抱，是无言的亲吻。到了来年，这些落叶将化作春泥，滋养万物。听呵，风声雨声落叶声，声声含情。鸟语兽语花解语，语语动人。

不禁想起，唐代王维，就曾在《辛夷坞》中所写：木末芙蓉花，山中发红萼。涧户寂无人，纷纷开自落。这是不需要人类打扰的地方，生命的无穷循环，自有其艳丽和陶醉，人类只是这个大自然中的一部分罢了。

也许，真的只有在没有人烟的地方，才会看到生命的本质。

回到从前

一位久不联系的同学，突然打电话约了第二天午餐。晚上走过小区，树影婆娑，凉意袭人，深蓝色的天幕上一轮明月高挂，仿佛回到从前那些少年时光，让人心生无限感慨。

中午如约在熙熙攘攘的老街见面。虽然彼此都能轻易认出对方，但是那些逝去的青春，真的就像小鸟一样，再也飞不回来了。午餐简单，也并不绵长。除了寒暄，似乎找不出别的话题。如同从一个起点出发的两条直线，渐行渐远之后，再也找不出第二个交点。当初的教学大楼都拆除了，那三楼的教室，总是灰蒙蒙的黑板，天花板上看起来随时都会砸落的吊扇，还有当年那些饱满的脸庞，明亮的眼睛，都只能像窗前那一丛丛浅紫色的泡桐花一样，盛开在许多年前的碎梦里了。

饭后出得门来，正午的阳光温暖而明亮，如母亲般的慈祥，父亲似的宽厚，软软地包围着。忽然就想起了一首老歌：如果再回到从前／所有一切重演／我是否会明白生活重点／不怕挫折打击／没有空虚埋怨／让我看得更远。

我想，要是真的有一位神仙，许我三个愿望。我一定不会，一定不会要求回到从前，让一切重新来过。前一阵子无聊，看了一本爱情小说。边看边想，呵，幸亏自己，就这样波澜不惊地老了，很多曲曲折折的心路，也就这样走过来了，要是真的回到从前，那颗年轻的心，只怕也一样重新曲折一回。所以，还是就这样老了吧，云淡风轻，多好。

　　而更重要的是，如果回到从前，我可能今生，再也碰不到现在的爱人，更可能，再也没有这样可爱的儿子。这个五音不全的，再感动的事也只会泪花闪闪而挤不出半个字的木讷的大男人，还有这个胖胖的，眼睛没有鼻孔大，时不时要弯下腰才能趴在我肩膀上的小男孩，都是我今生的最爱。要是一切都从头开始，也许我会更富有，也许我的孩子会更漂亮。但是，我又到哪里，才能找到一个睡梦里，都会不知不觉为我暖脚的身体？我又能到哪里，才能找到一双既能弹琴又会洗碗，却又总是在我身上捣蛋的小胖手？我又如何，能坐在父子俩中间，听他们争先恐后地和我说话，而我却长不出两张嘴来同时回答？

　　很多年前，大男人在一次出差中知道法国兰蔻是一种护肤品牌子，于是每年除了生日送花，再就是买兰蔻，别的都不会。而几年前，十二岁的小男孩在出国游学路上，也发短信问我，到了巴黎，要不要带兰蔻回来？呵，要是回到从前，一切重新来过，人海茫茫无边，我到哪里，才能把这两个人找回来？

　　这个清朗的初冬，寒意逼人，阳光淡淡地洒在桌子上。这个时候，大的正在开会，小的正在应付他的期中考试。而我，一个小老太太，就坐在这样一个宁静而美丽的早晨，满怀感激地，知道自己正在老去，而我想要的，就在那里。

食为天

一

从来都不爱吃米饭,喜欢面食,特别是松软的面包,更是我的最爱。上次初中同学聚会,美丽的女同学带来她亲手做的面包和蛋糕,心里十分佩服和羡慕,下定决心,寒假也去玩面粉。

面包机和一只电饭锅差不多大小,闪着金属的光泽,似有一种威严。仔细阅读说明书,按要求清洗干净,开始做第一个面包。那天正好是情人节,想着晚餐桌子上,如果有一只喷香松软的面包,加上烛光摇曳,音乐舒缓,那么我这个黄脸婆,估计看上去也会顺眼一点吧!

按比例加入牛奶、鸡蛋、糖、盐和黄油,然后是面粉和酵母,选择好功能,开始做面包啦!面包机启动,搅拌,等待发酵,最后烘烤。因为完全不知道那一团面粉最后会变成什么模样,于是每隔几分钟,就忍不住去那小小的观察窗里张望。长长的三小时,就在等待和盼望,还有一点点担心和紧张中度过了。

　　终于面包机发出轻鸣，面包做好啦！空气中弥漫着的浓香，和所有的面包店一模一样。可是那面包，却看起来更像一块发糕，黄则黄矣，香则香矣，却并不好吃。父子俩一边安慰说，好歹看上去像一块糕了，一边愁眉苦脸地咽下一口，再也不想吃了。

　　接下来的第二只和第三只面包，更是惨不忍睹。每次打开盖子，面包机里都是一块不规则的、丑陋的、硬如石块的面粉团，在那香得醉死人的空气中，恶意地看着我。看来真是玩不过面粉啊！

接下来的几天，就是到处讨教，更认真更仔细地研读说明书，想出各种可以改进的方法。第四只面包，看起来已经很像面包了，但还是长得有点歪，口感介于发糕和面包之间。最后，还是和那前几只的命运一样，在楼顶花园里那棵最大的桂花树下，成了麻雀的美食。

同学鼓励说，要做到十个面包，才能熟练掌控呢！于是，在那个年三十的早上，再一次精心配制，开始做面包。三勺黄油改成两勺橄榄油加一勺黄油，牛奶、蛋及盐、糖先搅拌好，温一下再放到面包机里去，酵母要埋到面粉里去……两小时以后，面团看上去比以前光溜一点，静静地躺在那里。心里忐忑着，这次把能想到的都做了，要是还不成功，怎么办？真的玩不过面粉，还是继续玩下去，大不了再喂麻雀。

两个半小时后，那熟悉的浓香又开始弥漫起来。面包看上去大了不少，有一个淡黄色圆圆的顶。最后的半小时，观察窗里一眼就能看到一只又大又圆的面包，从淡黄色渐渐烤成金黄色，面包做成功啦！当它最后放在一只早已准备好的盘子里时，看上去就像任何一家店里的枕头面包一样，色泽金黄，喷香松软。父子俩不停地点头，直往嘴里送。哈，面粉还是很好玩的！

再接再厉，下午又做了一只不放糖的，晚上带给老爸吃。居然发得比上一只还要好，又圆又大！除夕夜，我的大面包在一桌子菜肴里，辉煌地解释了什么叫圆满。

下次，打算继续玩面粉，学做蛋糕和发面，做个面包婆子。嗯，再以后，买个烤箱，做饼干奶奶！嘻嘻……

二

午餐

很简单，茶树菇红烧肉，韭黄炒蛋，玉米白菜汤。忽然发现，一个菜肴如果要烧得入味，一定得加一点水，或者高汤。然后等汤汁收干无影无踪了那么这味道肯定比没有加过水的要好很多。

水仿佛是润滑剂，又仿佛是释放剂，让各种食材的本味渗透出来，同时吸收别的味道。汤汁收干后，所有的滋味融合在一起，你中有我，我中有你，不分彼此，菜肴才能真正入味。

前几天闺密曾说，女人如水，能穿石而过，又能润泽生长，也适合存放在各种器形里。女人，就像是菜肴中必须加的一勺水，无色无味，甚至于最后无形无影，却是决定家庭味道的关键一环。来，吃饭！

三

爱吃

番茄炒蛋，喜欢那种微微酸甜的味道，红黄相间的色彩中，还有绿色葱花的艳丽。

这是一道再普通不过的家常菜，几乎每个人都会先把蛋在油里炒得蓬松了盛起，然后再炒番茄，出汁后加入炒好的蛋，最后放上葱花。这样做出来的菜，金黄的鸡蛋，鲜红的番茄，还有点点翠绿的葱花，看着都让人垂涎。

自己是个懒人，想着做一个这么简单的菜，却要炒两次，不太乐意。于是在打蛋时，就先把葱花和在蛋液里一起搅好。油热了之后，第一个就放番茄，等锅子里慢慢炒出红红的番茄汁来，再将和着葱花的蛋液倒进去，鸡蛋凝固后翻几下出锅，这样一次性就做好了。常规做出来的番茄炒蛋，黄的是蛋，红的是番茄，绿的是葱花，干干净净泾渭分明。而我这样一次性炒出来的，番茄上绕着蛋丝，葱花在金色的鸡蛋里若隐若现，一副缠绵不清的样子。

193

但是吃到嘴里的味道，还是大不相同的！原先的做法，看似三样东西炒在一起，但却是分头炒熟了之后再合起来的，所以吃起来还是各有各的原味。就像一个新组成的团体，看着是一个集体，却各有各的想法。我这懒人做法，因为番茄炒的时间长，更软糯了，而番茄汁的酸甜，还有葱花的香味，都融入了鸡蛋里，这样的番茄炒鸡蛋，不美，却更好吃，而汤汁也更醇厚。如同一对老夫妻，你中有我，我中有你。

慢慢地，琢磨出了最方便最好吃的番茄炒蛋。先把葱花细细切好，打入鸡蛋，加一点点盐，这样咸淡容易均匀。还要加一点点酒，最好是 XO 或白酒，不仅去腥，蛋液也不变色，还能在油锅里膨得更高。番茄洗净切块去皮，沥干水分。热好锅倒油时，就在油里再放一点点盐，这样炒出来的番茄才会有味道。油热了之后先炒番茄再加蛋，一次性出锅。

有时想，美丽的菜肴，其实没有想象中那么美味，因为店家考虑的首先是卖相，绿色的菜先在开水里汆一下，再加上佐料装盘，菜并不好吃。其次是成本，一般都是把生面在白水里煮熟了捞出来加入高汤，放上配料。要是一锅高汤都拿来煮面了，后面的客人吃什么？所以美则美矣，吃在嘴里，却是食材是食材，调料是调料。自己做的菜虽然不美，但只为家人而做，是唯一的，因而更入味。当然，以后要是能做到色香味俱全，那就更好了。

194

四

天寒地冻，在家做饼。吃腻了麦糊烧，就想着做个馅饼试试。拌匀京葱肉末，面包机里做好生面团，对着撒好面粉的案板，觉得一切都很方便。

等到真的开始动手做了，才知道原来要做个圆圆的馅饼，其实真不容易！第一个饼是先擀了皮再放馅料，结果像一顶巫师帽！第二个圆则圆矣，却露馅了！慢慢才知道要做个面粉窝，包了馅料后揉搓成圆球，再轻轻压扁，一个洁白的满月就静静地在案板上生辉了。小火少油，慢煎细烤。生怕肉馅不熟，一个饼炸得硬邦邦的还不放心。后来才明白大可不必担心。接下来的馅饼就金黄微软，变得越来越诱人了。可是等到入口一尝，却发现比麦糊烧差多了！

且不提那面皮厚如城墙，味同嚼蜡。就是美味的肉馅，也在馅饼里和人捉迷藏。左咬一口，没有！右咬一口，还没有！到哪里去了呢？在底下那个边角落里！

好在父子俩还是吃得兴高采烈。最后一个饼，肉馅不够了，撒了把糖做成甜的，谁吃谁知道。

五

下午时分，有点饿了。同事正巧外出回来，带来一大块羌饼。分给我的那块，切成规则的扇形，握在手里，软软沉沉的，还有点余温。它看上去那样平实质朴、敦厚贤良，仿佛面对的，不只是一块饼，而是一位饱经沧桑的妇女。它凹凸不平的表面零星分散着点点绿色的葱花，凸起的部分被油煎得金黄，凹陷的地方还留着最初面粉的本白。几粒黑芝麻点缀其中，就像一张老脸，在沟壑纵横的老皮下，还能看到当年青春的影子。

从侧面，可以看到里边一层层软软白白的面皮，散发着淡淡的面粉和葱油的味道。那是一个女子的内心吧，情怀多多，心事层层，牵牵绊绊。纵然外表千沟万壑，里边却依然是最纯最柔软的，充满了生活的芬芳。

　　轻咬一口，表皮的油脆和着内层的柔韧，面粉、葱花还有芝麻，这些最朴素的食物，却经营出一种厚实的美，让一个饥寒的胃感到了无限的满足。没有比萨的华贵，没有蛋糕的亮丽。羌饼，就像一位老妻，用最平凡最原始的方式，带来最深切的关爱。吃羌饼吗？

仔细你的皮

且说那万米高空，清朗无边。雨滴们纷纷化成了雪片，飞飞扬扬投入尘世。天使呀，小魔鬼呀，手呀脚呀也都随着雪花，洋洋洒洒下凡去也。

一块美皮忍不住对另一块厚皮商量着投胎入俗。美皮说，这个皮啊，顶不如意是长在手脚处，手要干活脚得走路，那脏那累，那冷那热都得受，不去为妙。

厚皮说，长在身上呢，虽不受累，可好多地方从来不曾亲眼见过，连洗澡时都难得摸上一回，受尽冷落之苦，也不去。

要是有幸长在人脸上，那就好多了，不累不苦天天看，还笑眯眯的呢！不过也得看是谁的脸，要是那五大三粗的男人的脸，一年也抹不了几回油，还得天天刮皮去胡子！也不行。

于是两皮就决定，一定要瞧准了，投在女子的脸上。那个大雪纷飞的夜晚，美皮和同伴顺着风势飘落人间。顾不上这世间的繁杂夜景的灿烂，两皮紧紧盯着那世间女子的脸。这一投，可是一世啊！

说时迟那时快，正巧有一胖女子仰脸看天，还边笑边喊身边的同伴一起赏雪。厚皮来不及说声再会，就投了下去。美皮一叹，也迅速地飞入边上女子的小脸。两皮深情对望，会心一笑，终于投成了！

无奈那胖胖女子人称猪猪，看儿子一百眼老公五十眼爹娘三十眼，可就是看自己的脸，早晚各一眼！早上起床要做完早餐老父吃好，才自己胡乱洗把脸，瞥一眼镜子匆匆搽点霜。晚上看完书散好步，才打着哈欠看一眼自己老脸，耳边还听着电视剧的对话。皮在心里恨之痛之，无奈已成其皮，所幸尚厚，不然早就心碎成片了。

只有那美皮，正长在一青春小女子的脸上，真是用尽各类洗面奶爽肤水精华油。每天早上，在晨光中细细对着镜子洗之磨之，搽之揉之，描之画之，喷之香之，然后还配上合适的服装，走出大门来露一下。晚上灯下，又再洗之护之，熏之拍之，美人还叹，哎呀，都吹了一天的风了！

皮们仔细了，下辈子一定看准了再投胎！

懒

天色漆黑如墨斗，细雨寒风更冷。
满卷诗书翻不完，挤字太难。
想念家中小暖床，登榻拥被，莫管日短长。

雪人

我只不过是一滴
最平凡的
泪
为着你那样期盼地仰望
我愿意
将自己结成一片最美的冰晶
一路盘旋
飞落你的窗前

你终于惊喜地发现
一夜之后　满目洁白
你欢呼着　雀跃着
兴奋地将我从地上拢起
做成你的模样
还为我戴上你的围巾

看我的同伴
纷纷扬扬洒落出一地的爱恋
我站在你身边
无语
却幸福无边

太阳出来了
阳光把我的身体
映出通透的白
夺目而绚丽
一如你的笑靥
那是我最美的绽放
而清朗的天空呵
我知道
那才是我最后的归宿

终于我飞上天空
回到来时的地方
地上只有你的围巾
无言地证明过我的存在

你忧伤的眼泪
挂在早春的风中
吾爱　你不明白吗
我
就是那一滴
感伤的泪呵

清流

感谢儿子。

这是自我的生命中流淌出来的一泓清泉，也是从我的心灵深处奔腾跃动的一股清流。它生发于父亲的林间，成长于母亲的花影，承接了我的来处，引领着我的去处，清澈纯净，活泼欢快。这寂寂林间，因此才有了"窗竹影摇书案上，野泉声入砚池中"的诗意，才能让人时时体会到"云自无心水自闲"的快乐。

这一章节以儿子初中时所作铅笔画为插图，收录了一些童话，以及十多年来我写给他的信。儿子除了学校里的美术课外，没有学过绘画。因而他的笔触，笨拙而生涩，却因此没有匠气与习气，而是充满了稚拙的大雅。感谢儿子，多年来用他质朴和纯真的光芒，照亮着我的生命。感谢儿子，我们的未来，才会有"映地为天色，飞空作雨声"的壮阔。

宝贝

如果某个夜晚
你在梦中
轻轻呼唤一个
年轻的名字
那是妈妈的心愿

妈妈的心愿
是欣慰
和
心酸

滑滑梯

二〇〇五年盛夏，带着新加坡出生的儿子，回到久违的故乡——杭州。六岁的小儿特别喜欢滑梯，可以上上下下玩到地老天荒都不想回来。每次噘着嘴回家的路上，都要问：为什么家里没有滑滑梯呢？因而特地为他设计了一张带有滑梯的床。市面上看到的儿童床，往往是从旁边的楼梯上到第二层之后，就得原路返回才能下来。如果在另一边加上滑梯呢？这样不仅有了飞速下降的快感，也能让他在游玩中得到周而复始，气韵流动的享受。

花了一周的时间画图纸，给木工师傅讲解。床有两层，上面是玩耍的地方。右边是上行的楼梯，每个台阶下面都是抽屉，用来放他的玩具。最大的第一个台阶，也成了我日后常给他读睡前故事的地方。台阶下的空当做成了小小的衣柜，挂些他常穿的衣物。小床足有一米九长，起码能用十年。床下还有两只大抽屉。

怕他摔下来，上层的栏杆是固定的，床边做了可以翻动的护栏。所有的边角都是木线包边的圆角。记得滑梯扶手上的两条包边，为了服帖地做成流线形，可怜的木匠花了一下午，每条木线的背后都细细地切割多个小口子以便脆硬的木条可以弯曲，废了十多条木线，最后才大功告成。滑梯的终点，放了只大大的毛毛熊，为他挡住了冰冷的墙壁。

小床全部纯手工，只上了几层清漆，没有多余的涂料，足足花了一个月的时间才完工。家里有滑梯的消息不胫而走，当时成了儿子的骄傲。连木匠，也被他称为滑滑梯叔叔。这张床成了他生活的中心，塑料球大战啦，捉迷藏啦，床边的故事会啦，他从滑梯上呼啸而下的快乐喧哗，如阳光般洒满整个房间。

二〇〇七年，因为各种各样的原因，我们搬到了滨江，旧居出租。第一位租客是个韩国人，当时曾想花五千元买下这张床带回去，儿子坚决不同意。如今十年过去了，儿子早已过了玩滑梯的年纪，而旧居也将出售。我们要彻底向小床告别了。

特地抽空去拍了照片。十年旧居早已变样，唯有这纯木工的小床，愈显温婉而端庄。隆冬的阳光洒在小床上，一如十年前的模样。仿佛还能听到儿子欢笑的童音，看到他圆圆的小脸。光阴流转，无声无息。但总有什么会留下来的，那些经历过的快乐与哀伤，那些相伴相随的日子，其实，都在。

年少的我

年少的我，不是不快乐的。

小学五年级时，记得课间餐是一人一只肉包。我的同桌是个瘦小机灵的男孩子，最喜欢包子里那块有一点点葱花的肉，不要吃外面厚厚的面皮。可是老师规定了每个人都得吃完不能剩下，因此每天上午的第二节课间，我就看着我的同桌先一口把他最心爱的肉吞下后，再痛苦万分地将大大的包子皮一点一点咽下去。

那一天课间餐开始，发包子了。他突然十分开心地对我说，今天他先把皮吃了，最后再吃肉，把最好的放到最后，就会有动力了！他的位子就在窗口，因此他转过身来，背靠着窗台，开始很仔细地把包子外面一圈皮慢慢啃了，小心地只留下一点皮，用来捏着那块小小的，还冒着热气的肉饼。最后，他高高举起他心爱的肉，得意地对我说，这办法不错吧！我和他面对面坐着，正要回答，不想一阵风吹来，就忍不住打了个喷嚏。我迅速低下的头撞着了他的手，于是那块珍贵的肉啊，就从窗台上掉下去了！

那时我们的教室在三楼，窗外是一棵大大的梧桐树，茂密的枝叶几乎可以伸进窗台，早上十点多的阳光如金子般洒在碧绿的叶片上。我张着刚打完喷嚏的嘴，很无辜地看着我的同桌。他飞快地转身从窗口向外看，哪里还有肉饼的影子了！于是他也张着嘴，后悔万分地，惊讶地，愤愤地，无奈地看着我。他五味俱呈的脸庞，衬着背后一窗的绿叶和点点金色的阳光，就这样成了我少年时期，一个永恒的定格。呵，年少的我，不是不快乐的。

初三的暑假，那个无聊的，长长的下午。炽烈的阳光铺天盖地倾泻下来，知了在树间的阴影里大声地唱：热啊热啊！和两个女同学说好了去附近的山上乘凉。走过一个西瓜摊，摊主热情地招呼：小姑娘们，买个瓜吧！我摸出身上所有的钱，正好可以买下那只最大的西瓜。摊主还体贴地在瓜上切一个三角形的口子，让我们看到里边鲜红的瓜肉。于是我们三个兴味盎然地抬着瓜向山上进发。

还没走到山脚，沉重的瓜让我们个个汗流浃背，开始后悔买得太大了。正在这时，我看到前面不远处的小巷口，恰好是一个男同学的家。因而大家决定先去他家里休息一下，要是他想加入我们一起上山，也可以分他一点瓜。敲门的时候，我实在是忍不住口渴，偷偷地把那块三角形的瓜肉咬了下来，再把皮轻轻盖上，看起来天衣无缝。

不久同学的爸来开门，看到三个女孩子抬着一只大西瓜，满头大汗站在门口。他呆了一下，立即十分热情地接过瓜，领我们进门。边走边说，哎呀，来看我们小健，还要买瓜啊！你们真是太客气啦！然后，一边高声喊着儿子的小名，说有同学来了。

一边就这样打开冰箱，把那只大大的瓜，好不容易放进去了!

我们三个目瞪口呆地看他左挪右移地在冰箱里腾出空间放大西瓜，又开不了口说只是想来休息一下，瓜不是给他儿子的。等到冰箱的门终于在主人安慰似的叹气中牢牢关上时，我们再也提不起任何精神了。想到我所有的零花钱只换了我小小的一口三角形西瓜；想到我们本来打算在山顶的阴凉处吃瓜的畅快；想到最后同学的父母拿出瓜时，发现那块小皮上被咬过的痕迹时惊讶的神情……我们三个的脸上，也是五味俱呈吧!当那个懵懂的男同学捧着一盘葡萄，又开心又疑惑，不安地，羞涩地站在客厅门口时，我们终于忍不住大笑起来，飞快地告了别，眨眼就跑了。

午后的小巷被我们的笑声打破了静谧，夏季的风又是那样的炽热，吹来同学爸爸的一叠声问号：这么快?走了?全走了?呵呵，年少的我，不是不快乐的。

高中时，数学老师一直对我青眼有加。他是全班公认最帅的老师，一张白白的四方脸英气逼人。可是我一直不喜欢他，因为他脸上看不到胡子，连刮过的痕迹也没有。而一张方方的青下巴的脸，是当年少女的心里，觉得最动人的地方。

一天上课，老师讲得激动了，从讲台上走下来，在课堂里边走边讲。正巧他停在我的桌子前面，我就只能仰起脸听他上课。哈，我看到了他的胡子!是长在下颌上的，难怪平时正面看不到。于是我就在一片安静中，开心地，兴奋地大喊：老师，原来你是有胡子的啊!呵呵，年少的我，不是不快乐的。

巧克力

朋友带来两盒巧克力，说是很美味，不吃的话要放冰箱冷藏。盒子小小扁扁的，包装普通，心里有点不屑。什么巧克力还要冷藏，又不是大夏天！

周末儿子回家，就拿出来一起分享。打开简单的包装，里面方方正正铺满了长方形的深褐色巧克力，表面还有一层巧克力粉。没有图案，没有漂亮的外形。

轻取一块，居然是略软的，像一块奶酪！难怪要放冰箱。入口微苦，但是马上就融化了。那细腻柔软的味道，在舌尖徜徉，如此温柔，如此缠绵。它不太甜也不太苦，有牛奶的浓郁，还有巧克力的芬芳。都说纵享丝滑，但是这味道，比丝绸更软，比流水更滑。仿佛是一双洞悉的双眼，看清灵魂深处的种种无奈和悲哀，了然于胸，却并不责备说教，只是无声安慰。

终于明白什么是美味，为什么它看起来如此平凡。真水无味，"大爱希音"。

最好的时光

晚上

散步，行至苏堤。前面不远处，一对中年夫妻在路边兴致勃勃地看着手机。经过他们身边时，听到那位先生高兴的声音：儿子说我们走了很多路了呢！然后妻子不满意：儿子说我们走得太慢了，要加快速度！先生反驳：速度和距离没有关系的，不管走得快还是慢，就是那点路！妻子不同意，加快了脚步：儿子说我们太慢了，那就走快点吧！

然后，她就甩着双手，奋力走到了前面。仲秋的晚风吹动着她满头的卷发，一件白底印花的短衫，在她依然窈窕的背后迎风飘荡着。而她那戴着眼镜的先生，则在后面一边劝说她走慢点，一边不放心地赶上去。

他们的儿子，估计此时不在身边。要不住校读书，要不已经在外地工作。夫妻俩天天出来散步，然后把路线图晒给儿子看。也许快速走了一段后再发给儿子，会得到他大大的表扬呢！

忽然就觉得，这就是最好的时光吧！人到中年，夫妻和睦，孩子长成。天天晚上为了得到孩子的夸奖而努力锻炼。看他们的背影，年轻时必定是美人帅哥。那些青春时代的美好岁月，一定如星光般灿烂，那也是他们当年最好的时光。再以后，孩子初生，牙牙学语，依依膝下，也是人生中最好的时光吧！将来，怀抱第三代，漫步在苏堤，在桂子浓香里看秋叶随风而落，难道不是最好的时光吗？

从前的岁月再闪耀，也只能辉煌在记忆中。将来的日子再美好，也只能是展望。只有当下，是可以掌握的，是可以细细安排，慢慢品味的。今晚，还去走路不？

永恒

一

九月的时候，加入了初中同学群。大部分同学，毕业后就再没有见过，有些甚至在初二初三时就转学了，记忆就更为久远。如今相隔三十年，能再次聚集，心中的感慨，无以言表。

先是黑白老照片带来的无限惊讶和震荡，再是一个个尘封的名字在一句一句对话中渐渐浮现眼前，最后，是当初的如花容颜，隔了三十年的光阴，再次鲜活地开放在记忆中。那些年少的时光啊，就在每个清晨的问候里，在夜夜的笑骂声中，穿过三十年的尘埃，回到自己身边。

是谁，还能记得那教室门口的泥墙，曾是我们的百草园；是谁，还能说出那次班会上老师批评的是哪个调皮蛋；是谁，还能谈到年少时住过的小屋，那窄窄的楼梯里少女的笑靥；是谁，在漫长的风雨之后，还能找到最初的一抹纯真彩虹；是谁，在渐渐苍老的生涯里，看到自己年轻过的痕迹；呵，是谁，从豆蔻韶华走向年近半百，才发现，原来一直都有那么多人在默默陪伴！

从九月到十月，桂花醉人的整个秋季，都有一种莫名的欣喜，一种永恒的感觉。是的，永恒。虽说没有什么是永恒的，天能变，人会老，青山易改。但是，总有什么，是能一直一直留下来的吧。今天，小雨初霁，阳光淡淡地从云间洒下来，空气中弥漫着湿润的甜蜜。这和三十年前的深秋，没有任何不同。相信和三十年后的秋天，也不会有什么不一样。

那个时候，现在初三的儿子，会不会也坐在窗前，回想起他的年少时代？那个时候，他是不是也能深切体会到我现在的心情？如今的他，面无表情地背诵着元代名家白朴的《天净沙·秋》。当八百年前的文人，在窗前写下"孤村落日残霞，轻烟老树寒鸦，一点飞鸿影下"时，八百年后的少年，紧接着吟出"青山绿水，白草红叶黄花"。这，我想，就是永恒了吧。光阴轮回，沧桑巨变，看起来无法逾越的岁月的鸿沟，就在这个瞬间，轻易跨过。

我想，三十年后的某一个秋天，当他看到"碧云天，黄叶地，秋色连波，波上寒烟翠"的秋景，想起初中时就倒背如流的诗词，一千年前的范仲淹，就会在他的耳畔低吟着"山映斜阳天接水，芳草无情，更在斜阳外"。那些十五岁时无法理解的心事，也许，只有在年过不惑之后，才真的明白。那个时候，也会有清冷的秋风，滑过他孩子年少的脸庞，如同当年的我们一样。这，就是永恒吧。

总有些事情，要到多年以后，才能明白，纯真年代的同伴，是笑得最灿烂，爱得最彻底，想得最深切的。总有些事情，是穿过了千年的尘埃，还是鲜亮如初的永恒。

二

昨晚 初中同学聚会。三十年前的毕业，让青春懵懂的我们，如同蒲公英的种子一样飞向远方。如今还能相聚，真是难得的缘分。而还有很多同学，现在杳无音讯，大家只能在褪色的老照片里，一再回忆了。

记得我的同桌，是位个子小小的短发女孩。成绩不太拔尖，每次考完，她都把写有分数的那个角紧紧捏着不让我看。但是待人处事都伶俐泼辣得让人佩服。毕业照里没有她，问遍了同学，也想不起这个叫章剑的女孩。

另一个男同学，曾经坐在我的后面。小小的脸庞精致帅气，每次下课他都喜欢和我讲话。有一次，他十分开心地告诉我，昨天晚上家里吃了梅干菜烧肉，里面有好多肉！记得我是反坐在凳子上朝着他的，走廊里阳光灿烂，亮晃晃地反射回来，照着他幸福满足的笑脸。少年质朴无华的喜悦，三十年后还在我心里微笑，可是现在，却无论如何想不起来他叫什么名字！更惊讶的是，聚会时一圈男同学看了毕业照，也讲不出他的名字！

初中三年，在长长的人生轨迹中，只不过是小小的一段。而那些捣蛋淘气的往事，意气风发的热血，淡淡初开的情怀，都是每个人出发的原点，如同最早的曙光，照亮以后的日子。

三

今天，初中同学再次聚会。所不同的，是邀请了当年的班主任。八十七岁的老师举止优雅，思路清晰，同龄的师公慈祥地微笑着相伴左右。更令人赞叹的是，今年他们结婚六十周年了！老师特地带来一些糖果，以及一个大蛋糕和同学们分享。

席间大家细细端详那三十多年前的合影，谈笑着当年的淘气。冬天温暖的阳光照耀着金黄的叶片，有微风拂过宁静的湖面。我们失去的一定是同样的事物，比如光洁的面容，比如乌黑的头发，比如一页一页的日历。那些美丽的往事如满天繁星，各不相同，却点缀着记忆的夜空，璀璨而感怀。

那些数不清的季节和眼泪，它们都去哪里了？那些温柔而光彩的日子，它们飞落到哪里了？那些年少而孤独的夜晚，会和谁的影子相逢？叶子飞扬如漫天花雨，一滴泪水悄悄打湿书页的角落。少年光景，旧日子带给人幸福。

大布熊的故事

这个城市最有名的玩具店里，到了一批新货。最醒目的，是那只巨大的布熊。

它是那么大，几乎和一个五岁的孩子一般高。它的皮肤是那样粉红绯绯，它的身体是那样雪白柔软，而它的面容，是那样憨厚可爱。特别是它咧嘴而笑的表情，那样的纯洁无辜，让每个看到它的人，都忍不住要上去抱抱它。它高高地坐在玩具店的醒目位置，庄严地挂着价格牌，在灿烂的灯光下，伴着店里诱人的音乐，快乐地向所有那些羡慕的眼睛嬉笑着。

华灯初上的时候，一个高大的男人过来，一眼就看中了它。于是大布熊就坐在一只粉红色的塑料袋里，头上还扎着漂亮的蝴蝶结，开始了它的一生。

高个男人把它放在车后座，陪着那位美丽的女子。它在惊喜的感叹声中被一双细致的手轻轻抱起。车子里流动着舒缓的音乐，大布熊看着车外的辉煌灯火，幸福地咧嘴笑着。从此，女子的窗台成了它的家。它坐在那里，看日升日落，看桌上的玫瑰谢了又换。它也常常会被美人抱起，坐在她温暖的怀里，听她低语，享受她的亲吻。这是怎样美好的生活啊。

日子一天天过去，桌上的玫瑰渐渐变成了百合。每当女子走过，虽然大布熊努力做出最可爱的笑容，她也忽视而过。终于有一天，一个可爱的小女孩来做客时，它成了一个漫不经心的礼物，被一双小手紧紧抱着，离开了那个家。

大布熊的新主人是一个乖巧的小姑娘。它就坐在小主人的床上，听她兴奋地叽叽喳喳。晚上关灯的时候，它被小主人紧紧拢着，一同入睡。它不由得想起了那个旧家，想起那些鲜花和美人的怀抱，心里有了点点的失落。从此，它天天就和那些洋娃娃在一起，小主人还时不时地给它的脖子扎上蝴蝶结，将它的大肚子收紧了穿上漂亮的花裙子，还常常在它的耳朵上别上装饰品。它很不舒服，不过，看到小主人欢喜的笑脸，它叹了一口气，依然咧着嘴，憨笑着。

有一天，小主人的表弟来玩，他一眼就看到了穿着窄裙的大布熊。这么大的一只熊！他兴奋得大跳大叫。于是，在小女孩的泪眼中，它又成了小男孩的新宠，来到了新家，在一条河边的小屋子里。

男孩儿几下就扯去了大布熊身上的装饰物，它觉得身上一阵轻松，于是它就这样咧开了嘴向他笑着。男孩儿欢呼着，把它高高抛起，又接住再抛起。大布熊在一阵又一阵的晕浪中痛快地想，这才是生活吧！第二天，男孩儿叫来了不少朋友，一起兴奋地玩着大布熊。他们让他背上枪，装成士兵；让他坐在木马上摇到跌下来；

他们扯着它的耳朵打转，拎着它的尾巴把它扔向天花板。他们在它一次又一次的出丑中发出了哄然的大笑。而它只能依旧咧着嘴笑着，笑得那样无辜而纯洁。当男孩儿的妈妈不胜其烦终于出来制止的时候，它的耳朵被扯裂了，尾巴上的毛也快没有了。

渐渐地，大布熊身上的粉红色被一种说不出的脏色彩取代了，原本雪白的胸腹也有了斑斑污痕。它的耳朵缝上了又破了，现在也就这样半挂在头上。它就坐在一堆破兵器和枪炮丛中，慢慢地被男孩儿遗忘了。现在他的新宠，是一辆迷彩的遥控车。

河道整修，男孩儿要搬家了。大布熊因为太旧又太大了，只好扔掉。搬家公司的车子远去的时候，大布熊坐在河边的垃圾堆里，看着车尾的轻烟渐渐散开。它想起当初玩具店里的灯光，想起那个美人的亲吻，不觉苦笑起来。一个捡垃圾的小孩子走过来，看到了咧着嘴笑的大布熊，正想抱起，又发现它耳朵快掉了，就"呸"的一声随手扔了。大布熊翻滚了几下，落到河里，随水漂走了。

又旧又破的大布熊随着河水漂了不久，身子里吸饱了水，越来越重，最后终于在一个十字路口的桥下搁浅了。桥上车来人往，都在急急忙忙地赶路，没有一个人注意到桥下水面上，有一只那么大的布熊。它仰面朝天，屁股坐在一块突起的石头上动弹不得。红灯亮起的时候，大布熊看到停着的车子里，有一位女子朝它看来。它看到了她的惊讶，读懂了她的怜惜和轻叹。在她的目光里，想起了自己这一生，还从来没有一个人，用这样的眼光看过它。于是，它笑了，咧着嘴，笑得那样纯洁而无辜。

十字路口的对面，就是那家全市最有名的玩具店，此时正隆重推出最新款的玩具。

梧桐叶的故事

我是

一片小小的梧桐叶，长在一根粗壮的枝杈上。春天的时候，雨水充足，阳光明媚。我长得叶络分明，光滑饱满。我鲜绿的色彩上扬的体态，是春天里的一首小诗。

我有很多好朋友，左边的大叶右边的小绿。我们在风里大声喧哗，在雨中尽情欢笑。有一天，我的边上枝条里钻出了一个小芽苞，慢慢地长出了一片小叶子。她是那样的纤弱娇嫩，阳光仿佛可以通过它的经脉照到我身上。她淡淡的绿色流动着生命的光彩，就像一块通透的玉石。从此，我叫她小玉。

夏季的大雨，粗暴而猛烈。小玉在雨中东倒西歪。我很自然地伸出我宽厚的身体，为她遮风挡雨。她很感激地对我笑着，在雨中舞出曼妙的姿态。雨停了以后，我们的身上都被冲洗得干干净净。风凉爽地穿梭在叶片中间，头顶上半轮明月散发着清辉。小玉趁着风势轻轻吻我一下。我们安安静静地对望着，眼里没有别的世界。

我们的树，长在一座老房子的窗口。我们一起看着窗子里的人来人往，注视着他们的喜怒哀乐。风和日丽的时候，有小鸟在我们身边欢唱，我们一起在阳光下打盹。下雨的日子，我们互相扶持，也一起欣赏路上行人的伞开出五彩缤纷的花朵。

我们一起抗过虫灾，耐过干渴，顶过狂风。渐渐地，我们的身上都不再有鲜艳的绿色，也没有了当初的光滑。小玉显得更安然沉静了。天空变得越来越蓝，阳光是金黄色的，却没有了夏天的热烈。风越来越冷，吹过身上，有隐隐的痛。一阵雨后，我左边的大叶在风里缓缓飘落。我们看着他在空中翻飞，他黄绿相间的身体，带着丝丝经脉，最后落在地面上。在那一刻，恐惧和苍凉漫过我的全身。

秋天越来越美，空气中流动着桂花浓厚的芬芳。金色的阳光照在小玉浅黄色的身上，有一种流光溢彩的美。叶子们都变黄了，不断地落下。我知道不久自己也会这样，头顶上的大绿说，这就是自然规律。到了来年，新的叶子又会长出来了！

寒流过后的一天早晨，我发现自己落在了地面上，身上是最亲爱的小玉。我不知道自己是如何落下的，但我从来没有和小玉这样紧紧地拥抱过。我们抬头看着树上的小绒球还是高高挂着。那是我们的后代吧。明年春天，新的叶子继续着我们的故事，没有人知道我们来过，一切似乎都了无痕迹。我突然明白了，所有的意义，在于我们在这里生长过，我们欢笑过，我们爱过哭过，我们存在过。这就足够了。

蝈蝈不唱歌

曾经，我是一只野地里快乐的蝈蝈。和我的爱人绿儿一起，在初夏的草丛里，自由嬉戏。我站在一根高高的草茎上，用双腿和翅膀，摩擦出高亢的歌声，为我的绿儿唱出这一片野地里，最美的情歌。她的复眼大而明媚，一闪一闪地把我的心头照亮。看成群的同伴在空中呼啸而过，我们像风一样自由而不羁。

那个月朗风清的夜晚，我和绿儿正找到一片肥大的叶子准备休息。忽然前面有一条柔和的光柱，明亮而诱惑。调皮的绿儿一下就跳了过去，她的身体在光柱里，划出优美的剪影。我突然觉出了不对，边跳边大喊：绿儿，回来！可是一切都来不及了。一张大网从空中铺天盖地落下来，我最后的意识，是绿儿绝望的嘶鸣：青哥……

我再一次睁开眼，发觉自己在一只小得只容转身的竹笼里。透过小孔，看到边上都是一样的小笼子，里边都有一只我的同伴。我看到了他们同样绝望的眼睛。我的绿儿，你还好吗？你在哪里？我悲鸣着，可我的复眼，伤心得落不下一滴泪。这时，从小孔里，塞进来一粒新鲜的毛豆。要在平时，我一定会开心地说：绿儿，快来呀，美味大餐呢！可是现在，我闭上眼，我小小的心，划过一阵剧痛。绿儿……

有几只同伴嘶叫着，蹦跳着想冲出去。结果立即被提走了，我才发现自己和几百只笼子一起挂在一根扁担上，沿着钢筋水泥的街道行进。人们纷纷挑选蹦跳得有活力的，提走了。我不知道绿儿是不是在笼子里，有没有被买走。毛豆干了又换上新的，可我一直没有吃。我只是一只小小的蝈蝈，但我是自由的，我不吃这样的食物！突然，一根纤细的触须伸了进来，熟悉的可爱的声音传过来：青哥！我猛一转身，看到了我的绿儿！我可怜的，苦命的绿儿啊！和我一样也在一只小小的笼子里。可能是几个同伴提走后，她就排在了我的边上。

我伸出前足，隔着笼子，尽力和她紧紧地，深情地拥抱。我们的复眼，没有泪，只有重逢后的喜悦。我要为绿儿，好好地活着。我开始大口吃毛豆，我用力用我变细的腿，擦着我变软的翅膀。竹笼摇晃着，而我们在钢筋水泥的丛林里，唱出了山野上的恋歌！

一个清冷的早上，刚吃完半粒毛豆，我正为绿儿唱晨歌呢，一个稚嫩的童声说：妈妈，我要一只蝈蝈！接着，我的笼子就升高了。我紧紧抓住绿儿的前足，用尽最后的力气，嘶叫着：记得吃，记得睡，记得好好地活着啊！那个童声欢快地说：妈妈，蝈蝈还在叫呢！我看到绿儿死灰色的眼，我们的前足渐渐分开了，

她动了动腿，却发不出声音。我发出了最后的悲鸣，大喊着：记得，我爱你啊，绿儿！

从此以后，我就成了一个窗台上的摆设。我吃，我睡，我要为绿儿活着。但我再也不会发出声音了。我看到那童稚的眼睛，和我的绿儿一样纯净，可是，一想到绿儿不知在何处，想到今生可能再也见不到那双调皮的大眼，我心碎欲裂。男孩儿说：妈妈，那只蝈蝈从来也没有唱过，是不是它不会唱？我听到一个女声说，那是因为它离开了家人朋友，不开心呢。

今天早上，笼子一阵晃动。我大惊，以为末日来临。我只好闭上眼，在心里低叹，绿儿，让我们来生再见！过了好久，我鼓起勇气睁开眼，发现自己在一片草地上，笼子不见了，我，自由了！我一下跳起，蹦得老高，大喊：绿儿，我来找你了！只听得远远的一个童声说：妈妈，它叫了，现在开心了呢。我顾不得回头，一路往前跳着，我的心里，鼓胀着快乐的潮水。

绿儿，不要放弃，我爱你，我来了！

如何说再见

一

儿子的小学离家十八公里。最早时开车只要半小时就到，后来路上越来越堵，迟到成了常态。莫奈何，只好在三年半前，到校门口租了一个小房子。近得可以听到学校的铃声，近得走路只要一分半钟。这下再也不怕迟到了。

那是一幢老房子，有着那个年代特有的痕迹。房子很小，只有四十多平方米。第一次去看房的时候，是个阳光明媚的冬天。小小的一室一厅干净整齐，房间里洒满光线。对面人家窗台上晒着的被子，把灿烂的阳光又反射过来，整个房间亮晃晃的，充满了暖意，一下子就喜欢了。

刚住进来时，儿子还很不开心，想念自己的家。厨房洗菜的水池到了晚上用来刷牙洗脸，儿子一边刷牙一边掉眼泪。房间里有一股老房子特有的味道，所以天天晚上点了香熏灯除味。但是早上可以一觉睡到七点半，然后施施然起床，边吃早餐边听着校铃。等打到第三遍时，儿子背上书包上学去了。比在家足足多睡了一个小时，儿子的小脸眼看着圆起来了。

小伙伴们知道这个全班住得最远的同学现在成了住得最近的了，都很兴奋。儿子的好朋友傍晚六点就到出租房来敲门，约他去玩了。以后的日子，儿子做好功课弹好琴，就和同学们相约了互相串门。出租房的价值终于体现出来了！

每个周五的傍晚，接了儿子回自己家，因为在外地工作的先生也在周末回来。到了周日晚上，再各奔东西，我和儿子回出租房，先生回单位。儿子不上课的假期，就回自己家，直到开学再住到学校边上。每到换季时节，我就用个大包把替换的衣服背来背去。邻居从来没有见过我家先生，一直以为我们是从外地过来的，我是陪读妈妈。

如今儿子小学毕业了，中学在自己家附近，我们再也不用租房子了。租房的日子，居然一眨眼，过了三年半了！等到要退房时，才对这个小小的家留恋起来。墙角有儿子玩鼻涕虫的痕迹，墙壁上有他的涂鸦。窗台上的海棠花依然鲜艳，却要留给下一个租户了。最后的夜晚，躺在床上听着不隔音的老房子传来的熟悉声音，远处那个凶悍的妇人还在尖声叫骂，对面楼里那个清亮嗓门的小男孩还在哼着流行歌曲。隔壁的走路声，模糊的说话声，小宝宝夜里的哭闹声，呵，这样的声音听了三年半，而今后，是再也不可能听到了。

出租房终于清理干净，就像当初刚来时一样。可是有什么，会和从前一样呢？临走时，砰地关上了门，也关上了我所熟知的一种生活。常常在告别时，会轻易地说再见。可是如何说再见？很多时候，别了，就是别了。就像当年快乐地关上了新加坡的家门，飞回国内一样，以为不久以后会再回去的。如今这也只能是一个梦想罢了。这一生，住过多少地方，关上过多少门。就算是有时会去看一下从前的住所，但那只是距离的远近。生活的轨迹，却是渐行渐远了。而真的再见，都只能是在梦里。

怀念出租房，是怀念自己生活的记忆。儿子长得比我还高了，这一千多个日子，如流水一样，无论怎样依依不舍，千回百转，还是不停地向前流淌，再不回头。一段一段的日子，就是一段一段不同的回忆，组成了现在的自己。如何说再见，就像如何，对从前的自己说再见。

二

二〇〇五年盛夏，回到阔别多年的故乡，为着送儿子上幼儿园方便，买了一辆白色的两厢 POLO 车代步。

去提车时，是个骄阳似火的大热天。看见它静静地停在阴凉的地方，白色小小的身躯，圆形的大灯像少女明媚的双眼，心里就有了一种亲切感。

开车的第一个月，笑话就很多。有一天油快用完了，油箱报警。急急忙忙去加油，手刹没有放到底就开车了，结果一路上警报不停。我一边开车一边跟儿子说，爸爸的车没油了只响一下的，这车真奇怪，油没了会这样吓死人地报警。直到开到加油站熄了火，才发现是自己手刹没有放到底啊！那时父母家的小区路窄花坛高。我一个右转，左车灯撞到了花坛，破了。退回来再转，再撞在同样的地方，直到第三回，才总算开过去了。为这事，儿子笑话我近两个月。逢人就讲我两次撞同一个地方的高超技术。

最险的一次撞车，是早上出门，快迟到了，可是还有一辆老爷车慢腾腾不肯上去。眼看我前面的路虎一脚油门超过了它飞快地开走了。我也想跟上，可惜忘了自己马力不够，速度上不去，然后就只好撞了！后来的日子当然渐渐顺了，小白车带给我很多的方便和快乐。最喜欢早晨开着它，驶过安静的杨公堤。车子里悠扬的音乐，飘到窗外的点点阳光里。

车子开了七年，儿子也从幼儿园到了小学毕业。几经考虑，终于决定换车。这七年里，它撞过，擦破过皮，瘪过轮胎，却一直是我忠实的伙伴。喜欢它小巧的身体，很多地方都能自如穿行。喜欢它较高的底盘，二〇〇八年那场大雨，那么多车都泡在水里了，它却一路平安把我带回单位。喜欢它坚硬的外壳，好几次都是别人的车凹进去了，它却只留下一点痕迹。喜欢它缓缓滑行时如水一样的柔顺。

今天，是我和它的最后一天。车子里传来巴赫的无伴奏小提琴曲，如同天籁一样纯净安然。我们行驶的路程不多，七万公里都不到，但却是我生命中最充实忙碌的七年岁月。我们去过外地，装修时来回奔波于各个市场，也载过同事们一起去聚餐。日子如水一样流逝不再回头，而它却记录了我和它在一起的每一公里。

明天，我要和它说再见了。可是如何再见呢？这一生走过的路跨过的桥，还有谁会记得？还有谁，会为我好好收藏？

三

十九岁时，爱上钢琴的声音。最初，怕自己学不下去，只是买了一架六十个键的小钢琴。从此以后，天天练琴不辍。还记得初学琴的那个五月，窗外满满的都是梧桐树的大叶子，在风里细细碎碎地响。我那怎么练都弹不好的琴音呵，在五月的夜空里，单调地回荡。

　　那时年轻，天天早上六点就开始练琴，以至于周围邻居把这琴声当成了闹铃。有一天病了，起不了床没有弹琴，结果楼上楼下的人统统迟到。从那以后，更不敢偷懒，每天准时起来练习。隆冬的清晨，天还没亮呢，我那七高八低的琴音就已经响起。那时父母正当贪睡的壮年，却从未抱怨过一句。现在想来，当年的自己，真是年少不懂事啊。

　　渐渐地，琴声悦耳起来了，还能弹一点点小曲子。父母满心欢喜，自己也练得更勤了。小钢琴不够弹了，才换了一架八十八键的正式钢琴，还是当年正风行的聂耳牌。从此，二十岁的我不会唱歌跳舞，不会打牌搓麻将。那些青春的日子，美好的夜晚，都只在琴边度过了。

　　不久妈妈病重，我们租了乡下的房子，琴也跟着搬过去了。那个地方，窗外是一大片茶园，夜晚皎洁的月亮静静高挂天空，简陋的民居里时常传出淡淡的琴声。虽说妈妈病重，但那些年轻的日子呵，现在回想起来，还是满室芳华。结婚后，钢琴也跟着我们的生活辗转，搬了好几次，外表有了一点点磨损，但音色还是和当年一样清纯悠扬。俗事繁多，渐渐地，自己再也不会弹琴了。但这架琴依然放在家里，仿佛是自己年轻的见证。

229

日子长着翅膀飞过。儿子慢慢长大，也开始学琴了。家离学校太远，三年半前，陪儿子在学校边租了房子，这架琴也放在了出租房，成了小儿日日练习的工具。儿子的童子功，比起当年的自己来，真是不可同日而语了。夜夜坐在他边上，听他手指下流畅的音符如水一般浸润了小小的出租房，心里总有一种感动。年华似水，儿子总有一天会长大，会离我而去。这样天天坐在他边上听琴的日子，多少年以后，也就像这架琴一样，是我生命中最珍贵的记忆吧！

儿子小学毕业了，中学就在自己家附近，从此再也不用租房子了。自己家和父母家都有了更好的琴，退房时，这架琴就没了去处。它从我的年轻时代走来，经历过农舍，呆过地下室，也住过高高的六楼，伴着两代人的音乐梦想。不想轻易卖给琴行，不想以一个低廉的价格作为和它的结语。最后决定了，送给一位好友。搬琴时是个大雨天，塑料布上全是水，眼泪一般滴滴不尽。老琴就在塑料布里默默和我告别。忍不住轻轻抚一下老琴。呵，如何对它说再见，就像如何，对那些逝去的韶华，说一声再见？

心如老琴。

琴话

九岁的儿子不懂爱情，一首《献给爱丽丝》弹得七高八低，几个和弦听起来吓死人。在他小小的心里，喜欢的糖，一口吃下；喜欢的车，拆了再装；喜欢的同学，冲上去打一拳再说。为什么要轻轻的，温柔的呢？

老师示范了一遍。呵，这首耳熟能详的曲子，是两百年前，年近四十的贝多芬为学生特蕾泽·玛尔法蒂而写的，表达了对这个温柔少女的爱慕之情。当时并没有发表，后来人们错抄成《献给爱丽丝》了。但多年以来，这首优美的曲子早已广为流传，成为爱情的经典曲目了。自己年轻时也曾弹过，更在手机铃声里甚至洒水车的水花里，听到过它的旋律。而这一次听老师的演奏，才真正感动。

我听到了如水的温存，低低地、单纯地反复咏叹；听到了一方热烈一方婉转的交流，更听到了一颗中年的心，不安地跳动，带着气恼，带着澎湃的激情和无边的爱意。两百年前的阳光，洒在特蕾泽坐过的琴凳上，空气中流动着午后阳光的味道，还有淡淡的清香浮动。在贝多芬心里，是不是因了这爱情，才使得空气，都这样缠绵芬芳？两百年前的雨，落在特蕾泽走过的花园小径，点点滴滴都在贝多芬的心头，他是否为这无望的爱情伤感过？是否气恼过自己偏大的年纪？然而这如水的深情，千回百转，无法抑止地涌出心扉，流过多少岁月，淌入千百万人的心田。

这首没有太多技巧的曲子，却因为它的朴素，因为真切的感情而流芳百世。音乐，是人类的心声，可以穿越所有国界，穿越一切时空。

看着一脸懵懂的儿子，不禁想起自己曾经有幸在德国听过一个钢琴家的两张CD。一张是他十九岁成名时弹的，另一张是他二十年后的现在，再来演绎的相同曲子。同一个人同样的曲目，不同的年纪弹出不一样的心情。十九岁的天空明澈清甜，所以琴声嫩得能滴出水来，仿佛是五月的阳光下孩子们快乐玩耍的笑声，纯净真实。而一个四十岁的男人眼里，世界多了一份沉重，带着对人生的思考，所以那如歌的旋律啊，多了几许苍茫，更让人难忘。

坐在早春的窗前，听老师演奏这首名曲，把古老的爱情再现。我知道儿子现在一定弹不好这首《献给爱丽丝》，但我更知道，时光流转，总有一天，他能真正明白，情为何物。

二

昨天，买了一架新的钢琴。琴行里那么多的样品，一下子就看中了它，高贵大气，低调雍容。就是我年少时一直想要的式样。

付了钱在家里等着送货，窗外暖暖的风，带着阵阵花香抚过我洁白的窗帘。呵，这样一个美好的春日，一切都仿佛就像从前，好春正来，而当年的我，是那样的年轻。

琴终于到了，看工人小心翼翼地放在客厅，琴身优雅的胡桃木色泽，映衬着雪白的墙壁，让寒舍蓬荜生辉。众人渐渐散去，家里静得可以听见风的轻吟。而我心仪的钢琴，正在那里召唤着我。慢慢坐在琴凳上，缓缓打开琴盖，轻轻落指下去。键盘触手细腻，琴声音质圆润。家里，仿佛有了音乐的精灵。

当年最喜欢的曲子，如潮水一般涌上心头。可是无论如何回忆，却再也弹不成一个完整的曲调。键还是当年的样子，这个春日，还是和二十年前没有什么两样，而我自己的韶华，早已随风而逝。这起指落指之间，不仅仅是二十年的光阴，更是一颗年少的心渐渐变老的过程啊！

每个夜晚，都坐在小儿身边听他弹琴，听他弹着我弹过的旧琴，听着那稚嫩的声音如春天里初啼的小鸟。这次买琴，也是想给他一个惊喜。虽然天天坐在琴边，离它这么近，只一步就可以坐上琴凳伸手去弹。可是我知道，这一步，不是现实的远近，而是无法跨越的时光的距离。

客厅里传来我单调的音符，如同一个想起舞却再也舞不起来的精灵。我听见了一颗苍老的琴心，在这样的一个春日里，慢慢地恢复生机。空气中有泡桐花的芬芳，一如二十年前的那个春日，而我知道，那些开放在遥远年代的花儿，是怎样努力，都回不去的从前。

三

儿子 一岁多点时，就喜欢按键，电话机啦，电脑键盘啦，桌子上的一个小坑坑啦，凡是能用手指按下去的，他都痴迷其中。两岁多时，一次逛商场，乐器店里正好促销电子琴，大排大排的琴从天花板上一直摆到地面。儿子小小的身体就趴在一张琴上，两手齐用，按了半小时还不肯罢休。最后是我们把他像一只虫子似的捉下来抱回家的。

为了他的这个爱好，儿子四岁半开始学习弹钢琴。启蒙老师是一个美丽的长辫子阿姨,温柔可人。儿子每次上完课,脑门子上总会顶着一颗红星,那是老师的奖励。那时儿子最喜欢弹琴了,连睡梦里,都会翻个身,在枕头上迷迷糊糊地弹音阶。

可是好景不长,新鲜劲过了以后,儿子不想弹琴了。劝他,一天不弹等于退三天呢!他一边玩小汽车,一边把头摇得像拨浪鼓:就是不想弹!三天就这样过去了,眼看上课的时间要到啦,美丽的老师在等着呢!儿子这下才着急起来,爬上琴凳就练。可是到底才学没多久,又连着三天没练,那手指,看着胖胖圆圆很可爱,就是不听话!儿子和手指头奋斗了很久,终于放声大哭了一场。

从此以后,除了生病或去外地旅行,儿子一天也没落下过练琴。幼儿园中班毕业的暑假,儿子学琴一年,通过了三级考试,是当时年纪最小的考生。搬家以后,上课不方便了,先是请了一个小姐姐到家里来上课,半年之后,小姐姐结婚了,于是换了一个儒雅的大学钢琴系教授,儿子的学琴生涯算是走上了正轨。儿子在第三个老师那里学了五年,有了长足的进步,最后换成了现在的老师,一位睿智的钢琴系教授,对音乐有着深刻的理解和阐述。儿子在他们的教导下,在小学三年级和五年级的夏天,分别通过了七级和十级考试。

这个周日,已读初三的儿子上完了最后一节琴课。面临中考的紧张节奏,不得不让学琴暂时告一段落。从二〇〇四年的初春到二〇一四年的隆冬,十年半的学琴生涯,占有儿子十五年生命里的三分之二。回想起来,感慨万分。

说实话,儿子弹琴,并没有天分。手指技巧很快学会了之后,就是干巴巴的琴音,没有投入的感情,没有对乐曲的理解。学琴,到后来成了一种压力,一种负担,一种每天必做的功课。除了钢琴老师,几乎所有的人都曾劝过，不喜欢就不要学了啊！但是，会不会有人说，不喜欢数学，那就不要学了啊，不喜欢语文，也可以放弃啊！因为多数人的意识里音乐是不算学科的，最多加分罢了，不重要。可是很多时候，往往是那种看起来没有什么现实意义的，没有那么实用的东西，才会真正带来无限的快乐。比如春风里一株小草，比如隆冬的一抹阳光，比如优美的音韵。

再说，有些东西是可以长大了，甚至老了以后，才会越学越好的，比如文学，比如绘画，那是有了风吹雨打之后的思索，有了一生的积淀。可有些东西，是一定要童子功的啊！比如舞蹈，比如武术，比如乐器。等孩子长大了，对人生有所感悟了，那些早年练过的功底，才会真的发挥出来。况且，世界上哪一样东西，学到后来不是一种坚持呢？

所以，儿子在考完十级后，还是继续学琴。但是无论如何练习，总是觉得人琴分家，像个小机器人，精准地熟练地在键盘上移动手指，而他的思想，还远远没有跟上。

昨晚，不上琴课了。对儿子说，每天练个十分钟吧，不要让手指生疏了。他兴致勃勃地拿出 iPad，找出他喜欢的曲子，跟着视频慢慢练习，十分钟早就过去了，一点也没有停下来的意思。忽然之间，心里满是感动。学琴，只是一种技巧罢了，不会弹，又能如何！而一颗爱音乐的心，才是一生的财富啊！儿子总算能用这十年的工夫，轻松学会他想弹的曲子了，这不就是他学琴的最终目的吗？当他长大，再不要父母陪伴的时候，能在某个夜晚，弹起那些熟悉的旋律，就像回到他年少的时候一样，这也就是他苦练十年的终极目标啊！

十年后，二十年后，很多很多年以后，只要他还能弹琴，就一定不会后悔，在他生命最初的那十年光阴，是坐在琴边度过的。

放手

晚餐后出来散步，看到路边一对年轻情侣正在激烈争吵。女孩子带着哭腔，撕心裂肺地诉说着什么，她美丽的长发在深秋的晚风中激荡，如同一团将要爆发的乌云。男孩子看起来也很帅气，正愤愤不平地辩解。忽然想到，如果这两个小情侣里，有一个是自己的儿子，那做娘的老心呵，恐怕早已碎了一地。又想着，如果那个女孩的妈妈看到了，难道不会同样伤心欲绝吗？可是做父母的，也只有眼睁睁看着的份了，除了希望孩子早点走出阴影之外，还有别的办法吗？

记得儿子小学四年级的时候参加模型车比赛。很早就开始准备，花半个月的时间替换马达，整修车架，天天拿出来擦拭干净。老师和同学也都对他的小车子赞赏有加，评论为又轻又稳，跑得飞快。到了比赛那天，第一个环节是当场拼装一辆车并试车，第二个环节才是用自己的车比赛速度。结果儿子在试车的时候，他自己的车放在书包里，被别人偷掉了。马达和轮子被拆了下来，只有一个车壳扔在垃圾筒里，儿子大哭着捡回来。无法参加比赛是小事，儿子多日的心血付之东流。他想起来就落泪，久久不能忘怀。

是什么让父母心痛如绞，是什么让爹娘辗转反侧，是什么让人永远舍弃不下，唯有孩子。儿女若是安好，便是晴天。宝贝的一滴眼泪，在妈妈的心里，就是漫天大雪。然而不经历风雨，怎么见彩虹？自己难道不正是这样一点一点成熟并长大的吗？所谓的放手，其实不是教孩子做家务，让孩子自己出游这些表面的皮毛。真正的放手，是把这块心头肉当成一个朋友，当作一个成人，知道什么坎坷是必经的。带着满心的酸楚，看着怀里的粉团儿走过一个又一个人生低谷，最后，终究会迎来属于孩子自己的，而不是父母的辉煌。

你我皆凡人，有多少苦痛，是无法代替的？有多少伤病，是无奈的叹息？有多少不舍，是不敢也不能回头的？然而这世间，终究还是有很多欢乐，也必是只能亲身体会的！愿我亲爱的孩子，也会有深爱的人与之同行，视他如宝，与他共同品尝这人生的美酒。

你快乐吗

儿子，爸妈一直相信，你是天使降临凡间，来陪伴父母的。你的到来，给家里带来了无穷的充实快乐和幸福。有了你，我们才能重温童年，才真正看到自己长大。

你带给父母的启示，回报了我们所有为你的付出。当你才一岁多一点，在草地上蹒跚奔跑，和小朋友捡树叶玩。你不像别人一样每只手都抓满了，在意着每次捡的数量，只是毫不贪心地一手一片，快乐地来回着。新加坡的阳光照着你小小的中国人的脸，妈妈在那一刻，真正明白了什么是一生中最重要的东西。不是每次考试都得优秀，不是在客人面前流利地背诗弹琴，不是每张画都画得五彩缤纷，不是所有的比赛都得奖，呵呵，不是的，儿子。爸妈要教给你的，是一颗心，一颗爱学习会动脑的心。儿子，如果有一天，你顺利地通过十级考试，而还没有学会如何欣赏音乐，那就是爸妈的失败。弹琴，只是一种技法罢了，不会弹，又能如何！而一颗爱音乐的心，才是一生的财富啊！要是能许愿，爸妈对你，只有一个愿望：快乐！

爸妈希望你有健康的身体，不受病痛的折磨。时时开心地运动着，而不仅仅是为了体育达标。爸

妈也希望你快乐地学习，常常保持着好奇心和求知欲，愉快地终身学习而不是为了一张文凭。爸妈还希望你能与人和睦地相处，有一些知交。无论你成功与否，都有人和你共享，为你分忧。爸妈更希望你有一种欣赏美的能力。能随时用音乐娱乐自己，而不仅仅是会弹琴；能看到这个世界的美，而不仅仅是运用绘画技巧画一张画。

儿子，在这一切之上，妈妈最渴望的，是你有一颗感恩知足的心，无论得意失意，都随时能找到愉悦自己的事情。

时光流逝再不回头。这一刻的快乐或忧伤，就会成为永恒。所以儿子啊，爸妈不会为了自己的面子而让你参加补习班，不会为了炫耀去让你弹琴考级。爸妈会用一生支持你，爱护你。你的开心，是我们的最高奖励。孩子，你快乐吗？

我们家的我

昨晚，下过一场大雷雨之后，空气特别湿润清新。你闲着无事，拿着摄像机拍着玩。边拍边随意解说着，如同电影中的画外音。

妈妈听到你从家门口拍起，事无巨细，一样样拍过来。一边随口介绍着，仿佛带着一群小朋友在参观。只听得你软软的声音边笑边介绍："这是我们家的马桶，哈哈哈！"然后静默了几秒，一定是你在拉近焦距拍特写了。果然，听得你又说："恶心够了吧？下面我们去看厨房，哇，这么多好吃东东哦！"不知道人家看完了马桶，还如何有心情吃东西。

接着你一一介绍了客厅、书房还有自己的房间。妈妈开始听了觉得好笑，渐渐地，妈妈被你感动了！儿子，妈妈在你小小软软的声音里，听到你对家的依恋，和对自己生活的满足。

儿子，我们只是一个很普通的人家，欠缺着平凡人家里所没有的一切。我们也曾带你去过很多住别墅、排屋的朋友那里做过客。可是你依然如此爱恋自己的家，一点没有觉得它的贫寒。呵，儿不嫌家贫，子不嫌母丑，连家里二十英寸的那只小小电视机，也被你很公正公平地介绍出来。和那些动不动就要吹嘘家里有几辆车的人相比，你是如此的心平气和！

你还介绍了自己最心爱的小叮当贴纸、最喜欢的玩具，这是你的世界，你在这里长大。妈妈听到你说，这是我们家的地板，这是我们家的床，我们家的沙发，我们家的乌龟，我们家的妈妈……最后你把镜头反过来对着自己，说，这是我们家的我。

在你哄然大笑的时候，儿子，妈妈却听得有点心酸。平时爸爸周末才回来，家里只有我们母子俩。寂寞童年，你没有玩伴，连一只相机，都玩得这样兴味盎然，想象自己带着一大群朋友来做客。难得的是你没有抱怨没有唉叹，反而心态平和，苦中作乐。都说父母养育之恩难报，儿子呵，妈妈却一再地从你身上，看到了令人感动和羞愧的光芒！

雨后的仲夏夜，芬芳的气息从窗口漫进来。看着你渐渐长成大人一样的身躯，听着你依然稚嫩的声音，忍不住紧紧抱在怀里，狠狠亲一口说："这是我们家的我，这是我们家的宝贝！"

飞吧

一

还有两个月,你就满十二周岁,是个小男子汉了。今年暑假,妈妈特地给你报了名,参加为期十四天的夏令营,去欧洲游玩。没有爸爸妈妈相陪,只有领队老师和学生。怕你太孤单,又约上了你的同班同学一起去,你们俩同年同月同日生,只差一个小时,你还是小哥哥呢!

八月二日,先到了上海,开一个出团前的准备会。到了那里,才知道二十五个学生来自四面八方,有高中毕业的,还有很多中学生。呵呵,儿子,在大哥哥大姐姐中间,五年级的你们俩是那么小,那么稚气!最小号的旅行双肩包背在身上,还是显得那么大。

晚上,你们俩还去了超市,买了不少心爱的软糖放在随身包里,准备在飞机上好好享受一番。妈妈在远处给你们拍照,在妈妈的眼里,你们圆圆的小脸蛋,就是世界上最甜美的糖果。临睡前,还分别给爸爸、奶奶和外婆都打了电话,你们要离开父母,出去玩啦!

三日一早，身穿宝蓝色的夏令营服装，背着大大的黑色旅行包，戴上亮黄色的帽子，你们兴冲冲地到了机场集合，要飞啦！和那些高高大大的哥哥姐姐一起，你们一点也不逊色，一样排了队换好登机牌，把行李托运掉。最后，你们小小的身影渐渐走进安检口，看不到了。凌晨时分，妈妈接到你的电话，报告说已抵达荷兰阿姆斯特丹的酒店。呵呵，儿子，听着你快乐的声音，妈妈知道你长大了，好好地飞吧！

二

你去 欧洲游玩，已是第五天啦！那边的时间比这里迟六七个小时，所以每当你夜晚六七点钟回到宾馆时，妈妈这里已是凌晨时分了。

第一站你到了荷兰的阿姆斯特丹，给我发短信，呵呵，那可真叫作短信，只有三个字："我到了。"妈妈睡着了，没有回复。你着急地打电话过来，妈妈才听到你快乐的声音。第二天清早你一睁开眼睛，第一件事就是给我发短信，说你已醒了，同学还在睡。通过电话后，你急急忙忙跟着大家出发去玩了，手机忘在宾馆。而同学的钱包放在随身背包里没有找到，也以为丢了。妈妈在万里之外只能干着急。幸好，当晚你们还是回到了原来住的地方，而同学的钱包也终于找到了。那是你出行的第一天哦，有惊无险。

后来的日子就顺利多了，你去看了于连像，参观了小人国，还买了一架风车。每天你都有简短的消息发过来，告诉妈妈现在哪里了，玩些什么。我们两个妈妈常常互相分享你们的短信。和同学流畅生动的文字相比，你的消息真是太简短了，不过妈妈可以想象你是多么投入地在这自由的旅行之中。

从比利时到巴黎的路上，你问我，要不要买兰蔻的护肤品给我。呵呵，儿子，你真的是长大了，知道妈妈用什么牌子的脸霜，在这样快乐又高节奏的行程中，还记得想给妈妈带一点回来! 妈妈很感动,这句话,就比什么礼物都珍贵了。谢谢你,儿子!

现在,妈妈已经习惯了在夜深人静的子夜时分,接到你短短的消息,听到你愉快的声音。你告诉说宾馆是何等的舒适,而所谓的法式大餐又是如何让你作呕,去参观的队伍是怎样长得望不到尽头。相机电板坏了,你想办法用手机拍照……妈妈怀里的小粉团,现在真的长大了,能出去看世界了。

世界真的很大。但是不管你走到哪里,妈妈总是在这里等着你。

三

经过十四天的旅行,你终于回家了!十六号下午两点,你发短信说到了,过了四十分钟,爸爸妈妈在浦东机场的出口处,终于看到了半个月不见的儿子!你背着大大的旅行包,拖着行李箱,和同学一起慢慢地走出来。看到我们期盼的笑脸,你一时还有点不好意思呢! 要过十几分钟,才恢复了本来的淘气样子,开始做鬼脸,还要赖在妈妈身上了。

回来后,一下子时差倒不过来,早上起不了床。硬拉你起来,你一颗大头摇来晃去,小眼睛也睁不开,只好让你又睡了。所以问你去了哪些好玩地方,有哪些感想,你的回答统统是不知道,记不得了!

今天,妈妈把你相机里拍的照片转到了电脑上,呵呵,拍得不少呢,相机里就有四百多张,还不包括手机里的。妈妈看了你拍的照片,才知道你真的长大了!

你小小的心里,是那么的敏感,对于很多大人

以为你不会注意到的细节，原来你是那样的在意。而更让妈妈感动的，是你对画面构图的理解和处理，你独特的视角看出来的世界，是那样的让大人们惊叹！有很大气的全景，有小街上光影的对比，有从一个黑黑门洞里看出去的光明的世界，有睡觉的小羊，有游在房子倒影里的小鸭子，还有伟岸的雕塑，等等。

这是你的眼光，这是你的世界，这是你十二岁的天空。十多天来，你的短信总是寥寥数语，回家后话也不多。但是妈妈却从这四百多张照片里，看到了你丰富的内心情感，看到了你正在长成一个有着独立见解的男子汉！

呵呵，飞吧，儿子，妈妈怀里的小粉团，飞吧，越飞越高，越飞越快乐！

加
油

今年 你如愿以偿地升入了心仪的初中。妈妈在恭喜你的同时，想和你聊聊学习上的一些事。妈妈知道，你已经长大了，是个小男子汉了，应当可以理解妈妈说的话。

你是在新加坡出生的，本来可以在那里入学。但是爸爸妈妈考虑良久，最终决定把你带回国内读书，是因为我们觉得，中国的基础教育，还是有很多可取之处的。当然，现在中国的教育，被很多人骂为死读书，只看分数不看能力。妈妈想和你聊的，就是这个事。

首先，这个世界上，从来都没有不劳而获的事。打球唱歌，跳舞弹琴……从来都没有什么行业能轻易获得成功的。就算天生丽质，也要靠以后外表的保养，品德的修行。富二代也得靠自己的努力才能维持这一份家业。我们总是只看到别人表面的风光，看不到人家背后的辛酸。茶叶要炒了才香，雨滴要冻过才能变成最美的雪花。所以沉静下来，努力用功是必须具备的心态。

其次，就是怎样努力了。上课认真听讲积极动脑是第一要务。白天精力充沛，不用来学习更待何时！小笨蛋才会白天不好好听课，晚上哈欠连连地找补习。然后要坚持每天复习预习，做到心中有数。再就是认真作业。妈妈知道你自从上了中学之后，作业量就增加了很多，到了快考试时，更是卷子满天飞。儿子，你不是喜欢玩游戏吗？很容易的游戏，玩的人其实并不多。往往是越复杂越庞大的游戏，越多人痴迷其中，废寝忘食呀！因为难玩的游戏，通过一关后才有成就感，才有更多的动力去冲下一关。你可以把你每天要做的功课当成是游戏中的关卡，做得全对了，就是你满分通关！如果你天天认真上课，复习和作业，这样慢慢积累，相信你一定会有更大的进步！妈妈和你一起读过荀子的《积微》篇，里面不是说"能积微者速成"吗？只有耐心地积少成多的人，才能最终走向成功。

然后，妈妈想说一下大家争议最多的分数。虽然分数看上去很死板，一点不灵活。但是数据，还是目前世界上最通行的衡量标准。大到总统竞选的票数，一个国家武器装备数量，国民 GDP 数据，小到电影票房，空气 PM2.5 数值，哪一个不是分数呢？就连奥运会，也是靠分数来评判名次的呀！所以，不能对分数嗤之以鼻，但又不能只被分数牵着走。这是一个辩证的思维。就像天天念佛的和尚，不照样也要吃人间的五谷杂粮吗？老师常常用分数排名，也只是激励大家努力学习的一种手段罢了。你更要明白的是，将来要做一个怎样的人。而这几年的学习生涯，是你人生的准备阶段，你要学会些什么。分数只是用来评判一下自己做得够不够的标准之一。一个班五十几个同学，一个年级几百个同学，还能排排名次。到了社会上，谁来给你排名？冷暖自在人心啊！

最后，妈妈想说，一个人的心态，决定了一生的快乐与否。无论哭还是笑，日子总得过下去。要是你不满意现在的教育，那就努力争取，到你向往的地方去。要是目前或将来都走不了，也就只能适应这个环境了。最不好的就是只会抱怨这个不公那个不对，而自己却什么都拿不起。

童话故事里，王子和公主幸福地结合，故事就结束了。但真正的人生，其实要从那时才算开始。所以儿子呵，爸爸妈妈对你的教育，不是顺利地把你送进一个名牌大学就行了。我们希望你有强壮的体魄，健康的心理，良好的处理能力，融洽的人际关系，以及积极向上的精神。我们还希望你有强烈的责任感，好奇心，保持终身学习的态度。这些，都不仅仅是读好书就行的。你一生的快乐，才是我们共同努力的目标。

儿子，加油！

退队
礼物

你来到这个世界,已有十四年七个月又十八天了。而你走进爸爸妈妈的生命,却还要更早。记得一九九九年的二月,妈妈来到新加坡还不久,大吐几日,以为得了胃炎而去医院,不想却是有了你。早春二月,杭州还是天寒地冻,爸爸妈妈却站在新加坡的烈日下,任海风劲劲吹过,心里感慨万千。

从此以后,你就和我们息息相依。妈妈怀你,吐足九个月,不能上班,天天在家吃了吐,吐了睡。爸爸为了给妈妈买一瓶杭州的霉豆腐,走了大半个新加坡。但是你每个轻微的胎动,都让爸妈惊喜不已,深深体会到生命的奥妙。一九九九年十月十五日正午一点,你顺利来到这个世界。当你高高地躺在那张有玻璃罩的婴儿床上,睁开乌黑的眼睛时,爸爸妈妈知道,从此以后,你就是我们永远不会放弃的牵挂。十月的杭州正是桂子飘香的好时节,而我们在热带岛国的树荫下,为你取了一个中国名字。

儿呵，除了因为爸妈要上班，不得已把你送回杭州十一个月之外，你一直没有长时间离开过我们。你就像天使般飞进家里，给我们带来无尽的欢乐和充实。因为你，我们才真正长大，才能用一双中年的眼，看到一个童趣的世界。谢谢你，儿子！

爸爸妈妈时常从你的双眼，看到这个世界的美好。你质朴真挚的心灵，感动了在你身边的每一个人。你从不因为别人的富足，或是他们美丽的外表，而对父母有过一丝埋怨。你是这样纯真地依恋着我们，热爱我们平凡小小的家。每次到商场为你买礼物，你总是说一个够了，并且只是根据爱好，而不是依据价格来挑选。你也从不因为财富或成绩来选择自己的伙伴。这样平和纯净的心灵，散发着珍珠般的光芒，照亮了每一个普通而平凡的日子。谢谢你，儿子！

你在日常生活中表现出来的沉着和努力，待人接物上的大气和不虚荣，以及对美的脱俗见解和品味，都让爸妈惊喜并骄傲。有了你的五千三百多个日日夜夜，以及后面无数个春夏秋冬，在我们眼里，都是最值得付出，最值得珍藏的好日子。谢谢你，儿子！

今天，是你退出少先队的日子。从今以后，童年离你渐行渐远，而青春的花朵，正在悄然绽放。爸妈想了很久，终于用你五十天时的小手印，和你现在十四岁半的手印，在一块金丝楠木上，做了这样一份礼物。你可以清晰地看到自己的成长，知道一切都要靠你自己放手一搏。不过最重要的是，爸妈想对你说，正如这手印由小变大一样，你带给我们的快乐和满足，也在不断增长。爸妈愿十年后，再加上一个你成人的大手印。那时，不知道你去了世界的哪个角落，选择了怎样的专业。但是无论你走得多高多远，爸妈都在这里，用一生，爱你支持你，并以你为荣。

致小男子汉

儿子，你读初三了。当年，你进入哪家幼儿园，哪所小学，都不是自己决定，是爸妈帮你选择的。升初中时，也没花多大力气，因为有九年制义务教育打底，你大不了可以读十五中。因此这一次中考，是你平生第一回，可以实实在在地用自己的智力和体力，去奋斗和争取的机会。

年初时，爸妈知道以你的成绩，可以直接去加拿大读初三，然后就在那里读高中和大学，不必参加中考和高考。没想到，当我们把这个看起来更轻松更容易的选择告诉你时，你坚定地拒绝了。一来是不舍得离家这么远，但更重要的，是你想参加国内的中考，你想看看自己的实力到底如何。从此以后，你努力地进行体育训练，起早摸黑背化学方程式。爸妈都为你小小男子汉的决心而感动、钦佩并骄傲！

开学后，你的成绩并不尽如人意。特别是对化学的陌生，让你觉得困难重重。这也同样影响到你的数学。那个黄昏，当你拿着只有八十八分的卷子（满分一百二十）垂头丧气地回家时，妈妈觉得有必要和你再聊聊一些事了。

首先，你一定要明白，无论你成绩滑到哪里，无论你做了什么，你都是家里最可爱的儿子，爸妈永远爱护你，绝不放弃。就算是批评，也只是指出你行为上的不足，而不是成绩的好坏。

其次，儿子呵，妈妈要你懂得，你中考或是高考的成绩，真的没有那么重要，你见过几个中考或高考状元，最后成名成家，成为行业里的状元？当一个少年牺牲了健康，失去了生活的能力，只有看起来辉煌无比的分数，到了大学还要父母照顾，毕业等于失业的时候，就算名次高高在榜，你觉得这算是成功吗？所以你要明白，现在你在校十个半小时，回家做功课起码再两小时，这样高强度的学习，不仅仅是为了分数，更是一种历练，是一种品质的培养。这一生，无论做什么行业，总会有那么几年，需要你废寝忘食地去努力的。越早经历这些，你就越能扛得住，支持得越久，也就越有机会走向成功。体会一段较为长期的、全力以赴的过程，这才是初三的真义。

最后，妈妈希望你，能对批评过你的老师，心怀深深的感激之情。都说良药苦口忠言逆耳，儿子，那得有多大的期许寄托在你身上，老师才会在如此繁重的上课和批改之余，花时间和精力来批评你呀！妈妈知道，五年十年以后，你还会得意扬扬地记起那些表扬过你的老师。可是等你老了，华发垂耳之时，你一定会深深地记得，

那些在你年少气盛之时，坐在小小的教室里，或严肃或唠叨地批评教育过你的老师们。那个时候，你还会想起现在的一切，想起九月最后的知了如何在浓荫的泡桐树上歌唱，想起仲秋午后的微风，如何闷热潮湿地吹过你十五岁的脸庞。

儿子，你看这世界上，没有一条自然的河流，是笔直向前的。它们总是蜿蜒曲折，从汩汩细流，绕过高山，穿过地底岩洞，最后汇聚成河，奔向大海！而在每一个转弯处，看起来它停下了奔腾的脚步，那么舒缓，带点忧郁和犹疑。可也正因为如此，才能积淀出这么优美而富饶的冲积平原，人类的多少文明，就是从这里开始的呀！

要有信心，儿子！班里有几个同学，到了初三，只有一个补习班，还是英语口语？有几个同学依然坚持天天晚上练琴，每周打球？有几个同学还能帮家里洗碗收衣服？你的成绩一下子跟不上，只是因为没有像别人那样补了一个暑假，这些对你来说都迟了一两个月，而现在，只不过开学才两周罢了！爸妈相信你，一定能赶上。因为，真汉子，总是会在逆境中奋起！

万里云霄 待鹏程

从小，你就是一个结结实实的小汉子，身体不错，就是怎么也跑不快。去年在老师的指导下，你中考体育项目测试得了二十九分，还差一分就满分了。为此，你打算寒假每天在跑步机上坚持跑四公里，从而增加耐力和体力。可是没想到，那个晚上你一不小心从跑步机上摔了下来扭伤脚踝，从此成了半个残疾人。

如今已经正式开学了，你的脚伤还没有完全恢复。但是让妈妈感动的是，你没有发火，没有抱怨，更没有放弃。一边努力做上半身运动，一天也没有放松，一边积极治疗，吞很难吃的药粉，晚上贴膏药，这几天还去扎针灸，按摩，都不叫一声苦。妈妈在你身上，看到了男子汉的坚忍和毅力，妈妈真为有你这样的好孩子而骄傲！

这周初三的最后一个学期正式开学了这一学期，基本上就是永无止境的一轮又一轮复习和考试，这就需要一个强健的体魄来支撑，一颗安宁的内心来坚持。上学期的期终大考,你取得了很不错的好成绩,让全家都很高兴。而妈妈现在想对你说的是,把这一切都忘了吧。无论你考过怎样的分数,都是过去式了。一个瓶子如果已经装满了水,那再好的玉液琼浆,也很难再灌进去。只有把瓶子倒空了,才能承接更好的东西。妈妈希望你对待复习,能像对新课一样,依旧保持一颗好奇之心,不要觉得这些你早两年前就知道了。海纳百川,有容乃大。认真听课,你一定能听出新意来。因为你长大了,两年前你不能明白的一些道理,可能现在就会豁然开朗。

妈妈还想请你思考一下,什么东西是真正属于你自己的?是别人抢不走,你也丢不掉,伴随你一生的宝藏?肯定不会是钱财,不是房屋车子。哪怕父母,都会比你早好多年老去,朋友们会四散到世界各地。儿子,真正属于你的,是你的经历。你走过的地方,吃过的食物,看过的电影,读过的书。你挑灯奋战的日子,你紧张失眠的夜晚,你在风中欢喜的笑,你在窗前伤心的泪。所有的这些喜怒哀乐,组成你的人生,是你心灵的财富,是无论世事如何变迁,无论你身处世界上任何一个角落,都不会离开你,伴你一身的宝藏。而这些经历,经过思考,会变成处理事务的能力。儿子呵,这个能力,就是你安身立命的本事,是走遍天下都不怕的法宝。所以,这次的脚伤,以及即将来临的中考,或是以后的高考,都是历练,是你长大成熟的机会。《孟子》说,"天将降大任于斯人也,必先苦其心志,劳其筋骨……"妈妈知道,家有小儿初长成,万里云霄待鹏程!

最后,妈妈想对你说的是,无论你最终考到怎样一个学校,都是家里最可爱的儿子,爸爸妈妈永远爱你支持你,以你为荣。

纯爷们

一

今天是六一儿童节。去年此时,你在网上精挑细选,买了一把软弹枪,纪念自己的最后一个儿童节。今年,在电视节目喧哗的庆贺声里,在街道两旁五彩的广告中,你静默地走过。妈妈知道,对于刚刚过去的童年时代,你依依不舍,无比怀念。对于才起步的青春,却有着一丝恐惧,几分迷茫。所以,妈妈还是给你买了一盒巧克力外加一包花生糖。看着你从繁重的功课中抬起头来,含上一块巧克力,眯着眼细细品味,在这一瞬间,你是满足的。妈妈的心里,欣慰,也有点心酸。

还有十多天,你就要中考了,这是你第一次可以凭自己的实力选择自己的人生方向。去年盛夏,你坚定地否决了不参加中考就出国的方案。今年早春,你在扭伤了脚踝之后还奋力考出了体育满分。仲春时节,你又放弃了保送申请,决心考一回,看看自己的实力。一路走来,你展示了小小少年坚定的决心,还有你青春的骄傲。

可是越近考期,你却有了一丝恐慌。对自己最有把握的数学和科学,却没有了信心。你总是怀疑自己的判断,不相信自己的思路,越想越乱,这最终导致你题目没看清,回答不全面,或者计算错误,卷面分数总是不尽如人意。儿子,别急。你有压力,这说明你真的长大了,知道什么事情是重要的,你不再是一个懵懂的孩子了,这是好事啊!当你还是一个小婴儿的时候,从来不会摔跤,因为你还根本不会走路,一直都是被抱着的。后来你长大了,开始学走路了,一天要摔多少跤啊!再后来,你会跑了,更时不时摔倒,摔得还重,还痛。但你就是这样不断地跌倒了再起来,才有今天的健步如飞啊!

儿子,你知道沉香吗?那是一种非常名贵的木材,在宋代时就已有"一两沉香一两金"的说法。那是热带地区的一种常绿乔木,叫白木香树,在受到伤害,如雷击、风折、虫蛀,或人为破坏以后,在自我修复的过程中,分泌出的油脂受到真菌的感染,要至少八年之久,才会凝结成香。这就是树的心血啊!还有美丽的珍珠,其实就是沙砾杂质,在贝蚌体内未能排出,就由极薄的珍珠质,一层层包起来。历经三至六年时间,由几千层珍珠质包裹叠加,方能形成。这被尊称为"大海之子"的奇珍异宝,难道不是海的眼泪吗?

但是它们不是为了人类眼中的名贵,才长成这样的。世俗间的价格贵贱,对它们来说不值一文。它们只是经历了当年的痛苦,为了自己的生存,为了活得更好而努力奋斗,才能在多年之后,活出了姿态,自然而然地显示出一种尊贵和大方。当一支细细的沉香在安静的室内青烟袅袅,缓缓飞升时,那不

是树的心血在如歌飞扬吗？当一串圆润的珍珠在灯光下流光溢彩，展示出无与伦比的优雅和沉静时，那不是大海的心声在轻轻吟唱吗？没有结香的白木香树，早就不知道腐朽在哪个深山老林了。没有珍珠的蚌肉，也早已糜烂在大海的深处。但是那些心血和眼泪凝结而成的世间异宝，却在多年之后还被人类珍若拱璧地小心爱惜。是它们的伤痛成就了自己的价值，却在无意中积淀出这样一种沉静的美，才会吸引千百年来多少文人雅士的追捧和喜爱。

儿啊，你看这世间，哪一棵树是为了种下它的人而挺拔的，哪一株花是为了爱花的人而美丽的，哪一座山是为了攀爬的人而陡峭的？它们没有想过这些人间的名利，只为自己活出精彩，自然就魅力四射，吸引爱它的人。所以，你的中考，是为了你自己，想看看有多少实力，看看临场的心态，看看三年的收获。不是为了别人眼中你考到哪一所学校，不是为了自己面子上有没有光彩。三年来，除了最后一个学期有文化课的补习班之外，别的时间你都坚持打球弹琴做家务。而你的成绩一直都能保持在班级十名左右。你的风采自在你的内心，总有一天会喷薄而出，令人叹为观止。

今天，是你青春时代的第一个儿童节。童年已经远去，儿子。我们都是这样一路走来，一路回头和过去说着不舍和依恋。但是儿子，看看远方，那里，不是有一个更辉煌的未来吗？

二

又是一度儿童节，儿子。虽然你早已知道不能再过这个节了，但是依然对刚刚远去的童年时代，怀着无限留恋。对此，妈妈感同身受！因为你小时候依依膝下的样子还历历在目呢，现在妈妈却要仰望着你这个男子汉啦！

儿子，你长大了，现在的你，诚实正直，善良大度，是个汉子样，全家都为你自豪。今天，妈妈在这个儿童节想对你说，无论你长到多老，从青年，以后再到中年和老年，只要心里还有一份纯真，就天天都是一个快乐的儿童，天天都是儿童节。但是一个男子汉，除了保持童心之外，更应当有一种荣誉和担当，一种责任感。

你的外公在很多年以前就功成名就了，他作品的声誉，让他无论画什么，甚至只是几点墨迹，都会有人珍若拱璧地保存起来。可是你也知道，外公从来都不是这么随意画画的，更不是随便就将作品出手的。有时为了达到自己满意的程度，他撕毁了不知道多少张作品。妈妈小时候家里的厕纸，都是从外公作废的作品中墨迹少的纸张里裁剪下来的。直到现在，别人拿他以前的作品过来，他都是不收取任何费用，细心润色，称为"维修"。这是一个为了自己的荣誉而努力的男子汉。这样的人，无论多年迈，多衰老，却依然是个强者，是个真爷们！

现在你的功课繁重，有些科目也不是自己最喜欢和擅长的，有些作业，老师没说，你就能懒则懒。但是今天，在这个儿童节，妈妈希望你以一个成人的心智好好地审视自己的内心。妈妈希望你，能像一个真汉子一样，承担起一个学生的责任，为自己的荣誉而努力。那么将来，你站在外公身边时，也能自信且骄傲地说：看，咱家的纯爷们！

花开六月

明天 就要中考了。这是你人生的一个新台阶,妈妈坚信,你一定能顺利地轻松跨上。同时,妈妈也恭喜你,终于长大了,要做高中生啦!你现在所有的紧张,焦虑,心慌,恐惧……妈妈都能理解,并深切体会着,因为我们是母子连心啊!

其实儿子,你早已经懵懵懂懂地跨过好几道坎了。且不说在长长九个月的呕吐之后,终于熬到生你的那一天,妈妈是如何害怕和紧张的。知道一定会很痛,更可怕的是,万一不顺利,那我们两个都会小命不保!但是最终,是你急着要来到这个世界,妈妈只是努力配合着,只花了四个小时,你就顺利诞生在新加坡一间小小的产房里,一切平安,好得不能再好!

两岁半时,你得了当时流行的手足口症。有的家庭三个孩子都死于此症。当幼儿园老师打电话让我领你回家时,你手心脚心都只有一个小小的泡。但到了晚上,就全身关节处长满了水泡,喉咙里的泡痛得让你喝不了水,更别说吃东西了。妈妈抱着你软软的、火烫的身体,以为你要离我而去,心痛如绞。但妈妈有一个坚定的信念,只要喝了水,你就一定会好起来!那三天三夜,爸妈都没合过眼,用一个没有针头的针筒,轮流往你嘴里注射果汁和蜂蜜水。最终,是你强健的体魄,旺盛的生命力发挥了巨大的作用。一周后,你蹦跳着回去上课了。

三岁时你大头朝下摔了一地的血,缝了三针,至今还有一个明显的疤痕。五岁时你得了猩红热差点误症。

六岁时你参加第一次钢琴考试,并拿到了三级证书。九岁和十一岁时分别通过七级和十级考试。如今的你,可以为同学伴奏,也可以轻松学习最新的流行曲子。

七岁时你开始洗碗,至今常包洗全家的碗。你十三岁那年冬天做的春卷,馋坏了所有的人。

九岁时你开始打羽毛球,十二岁时获得青少年C组单打季军。十岁时你拼装的遥控模型车时速高达四十公里。十二岁时你第一次独自跟团出国旅行,回来后拍的照片让家人赞叹不已。十三岁时为妈妈出书而配的铅笔画惊艳了无数行家。

儿子,你就是这样不知不觉地迈过一个又一个坎,上了一个又一个台阶,越走越远,越走越高,用你的体魄、毅力和智力,长成了现在这样身体健康,活泼开朗的少年。妈妈相信,考场上,你一定会发现最强的你,最好的你。

妈妈为你联系了附近的一家敬老院做义工。考完后,你可以为老人家读故事,陪他们聊天,帮护工做点力所能及的事情。更重要的,是妈妈想让你近距离地接触他们,听听别人一生的故事。你会感受到,漫漫百年生命,到了最后,还有什么是最值得牵挂的, 还有什么是经历了长久的岁月之后, 还历历在目的。儿子啊, 你就会体会到, 所有的欢笑, 所有的眼泪, 所有当时认为最大不了的事情, 最终, 在时间的长河里, 都只不过化成了一朵朵小小的浪花。你就会明白, 那些经历过的人和事, 那些体验到的痛苦和快乐, 就是人生的全部意义。

你更会深切地了解, 这个世界上, 没有什么人是会一直一直陪伴着你的。父母会老去, 朋友会天各一方, 就算是伴侣, 也不能分分秒秒在一起。但是你童年时期学到的音乐技巧和运动技能, 对美的理解和感受, 家务劳动带来的体验和能力, 这些都满含父母和老师浓浓的爱意。它们是人生最好的伴, 无论你在天涯海角, 都日日夜夜伴随着你。它们早已融入了你的生命, 在你的每一次呼吸中, 在你的每一下心跳里, 也造就了最美的你。所以儿子, 妈妈知道, 它们一定会在关键时刻, 如花绽放!

儿子, 心想事成, 花开六月!

晚安

，儿子。明天开始，你就正式住校了。今晚，是我们母子俩共睡一室的最后一晚。今夜，是我们熄灯卧谈的最后一夜。今宵，是你在我耳边吹气捣蛋的最后一刻。从今以后，你就真正地长大了。

晚安，儿子。晚风穿过窗户，带来初秋的气息。妈妈凝视你熟睡的样子，久久不能合眼。还记得那是二〇〇五年的盛夏，妈妈回到了杭州，开始在阔别多年的故乡工作。爸爸单位遥远，不能常常回来。从那时起，差不多就是妈妈一个人陪着你长大。到现在，刚好是十年整。儿子，你从一个才上幼儿园大班的宝贝，长成了现在的男子汉，这十年来，妈妈为你骄傲，为你自豪！

晚安，儿子。看着你熟睡中微微起伏的强健身体，妈妈欣慰而又感慨！小时候的你，常常生病，而且总是半夜发烧。妈妈不能忘记那个夜晚，你烧得通红的小脸在黑夜里像只大大的警示灯。妈妈抱不动你，所以只好问，想不想去看启明星？你开心地点点头，跟着妈妈一起出门。怕你从楼梯上摔下去，妈妈用一条毛毯包着你，在你身后拉着毯子，慢慢走到小区楼下。午夜的天空宁静美好，群星闪烁。你仰着小脸，看启明星一路跟随。到了车里，妈妈让你躺下，盖上毯子开车去医院。

你一眨也不眨地看着深邃的天空，兴奋地说：我们开得这么快,启明星也能跟得上啊！下得车来，你才发现居然是医院，伤心得放声大哭。妈妈安慰说，启明星在上面陪着呢。你很乖地配合着吃药挂盐水。走出医院时已是黎明，找不到启明星淡淡的星光，只有半轮残月，隐隐挂在天空。儿子啊，后来你常常练习打羽毛球，积极参加体育锻炼。现在的你，打得一手好球，中考体育满分，而且很少生病。儿子，感谢你的信任与配合，才有今天的身强体壮。妈妈相信，将来无论你走到哪里，无论你走得多远，那深蓝色的夜幕下，启明星钻石般的光芒，都会像那个夜晚一般，永远闪烁在你我心中。

晚安。儿子。都说养育孩子不容易，但是妈妈想说，谢谢你儿子，这十年，是妈妈最开心最幸福的十年。妈妈不能忘记，小小的你坐在高高琴凳上的样子，不能忘记那些被你稚嫩的琴声浸润的芬芳的夜晚。因为你，妈妈才对音乐有了更深刻更彻底的了解。因为你，妈妈才更明白什么是坚持。如今你的一双大手能熟练地弹出一串串优美的音符，妈妈相信，你也一定不会忘怀妈妈陪你坐在琴边的那些时光。而那些我们一起欣赏过的美好乐曲，一定会如同清澈的山泉，缓缓流过你我心田。

晚安，儿子。小学二年级时，为了爸爸上下班方便，我们从城西搬到了滨江。从此你天天早上在妈妈的车里，边吃早餐边听着 CD 里的故事。我们穿四桥，走杨公堤，行车十八公里去上学。妈妈不能忘记后视镜里你捏着三明治，听故事的专注眼神。不会忘记那清晨的芬芳如何漫进车厢，不会忘记第一缕晨曦如何照亮你纯真的小脸。你读小学三年级时，为了让你有充分的睡眠时间，妈妈带着你，在学校边上的出租房住了下来。妈妈不会忘记你吃早餐时圆圆的小脸，不会忘记你背着书包从楼下走过的小小身体。而你约了同学在家玩耍的笑声，如同天籁，在宁静的夜空回荡。

晚安，儿子。初中时我们一起住在外公外婆家。家中狭小，我们得以同住一室，睡上下铺。你总是把一只臭脚挂下来捣蛋，要不一颗大头伸下来向我吹气。儿子啊，感谢你对妈妈的信任，天天在熄灯后有长长的卧谈，我们才能像朋友一样相处，没有常见的青春叛逆。妈妈体验着你的快乐，知道你的烦恼，了解你的想法。感谢你我的亲密，妈妈才能用一双中年的眼睛，发现一颗童稚的心灵，看到一片青春的天空。

晚安，儿子。你以优异成绩通过中考，进入理想的高中。而明天，你要住校了。这十年，我们住过城西，待过小小的出租房，也睡过上下铺。和你独处的三千六百多个日日夜夜，那些美好的清晨和夜晚，是妈妈最珍贵最骄傲的回忆。从此以后，飞扬的青春如花般在你眼前绽放，光明的未来像锦缎一样呈现在你面前。你质朴的心灵，强壮的体魄，健康的心理和睿智的头脑，不仅给家里带来无限欢乐，也为你的将来铺就一条辉煌的康庄大道。晚安，儿子。夜已深沉，妈妈在你床边，听着你细细的鼻息，如同暗夜里的无字长歌。而你熟睡的青春脸庞呵，是妈妈一生中能开出的最美花朵。

晚安，儿子。

新年快乐

今天是二〇一五年的最后一天，你也长成一个十六周岁零两个月的少年了。妈妈不知道，在这个静静的岁末时分，你是不是会看一下窗外淡淡的蓝天，记起很多往事？

还记得吗，二〇〇二年的早春，你第一次上幼儿园，小小的身体坐在保育员阿姨腿上，哭得全身发抖。再后来，你和邻居十多个小朋友一起，在楼下的空地上骑自行车，清亮的童音如风一般划过深蓝色的夜空，那样的快乐，也许你并不会忘怀吧。

还记得吗，二〇〇六年你读小学了。上学第一天，你居然记得回家的路，于是成了一名小小的路队长，以便放学时能带一组同学回家。二〇〇九年的仲夏，你和好朋友们一起去富阳玩滑翔伞，在河边钓鱼，空地上打篮球。傍晚时分，你们五个小伙伴挤坐在一只大铜牛的背上，那快乐的笑声衬托着满天晚霞，成了最美的景致。现在的你回忆起这些日子，一定也会微笑的吧。

还记得吗，二〇一二年你小学毕业进了初中。二〇一三年的隆冬，你和知己好友先参观了博物馆美术馆，然后一同在旋转餐厅午餐。冬日的阳光淡淡地照着你年轻的脸庞，是如此明丽，如此动人。二〇一五年的夏天，在经历了紧张的中考之后，你和好友们共住一室，谈天说地，打球游戏。你们青春的身影，如夏花一般灿烂盛放。这些难忘的时光，也许很多年以后，你还会常常想起的吧。

　　而今天，你已经成为一名住校的高中生了。妈妈再也不能和你同室卧谈，再也不能听到你长夜里细细的呼吸了，但是从此以后，你有了更远大的前程，更辽阔的天空。妈妈细数这些陈年往事，是想让你明白，岁月平淡如水，那些普通平凡的日子，因为一些特殊的原因，不同的伙伴，而在久远的时空里，散发出珍珠般的光芒，让人铭记终生。

　　儿子，人生就是一段旅途，那些喜怒哀乐，那些阳光下欢喜的笑，那些晚风里伤心的泪，都是沿途的风景。而你的老师，同学，好友，以至将来的同事，知己，爱人，就是你的旅伴。一路上开心与否，很大程度上是由旅伴的层次高低来决定的。所以，你现在认真学习，以后努力工作，不是为了和别人竞争名次前后，比较职务高低，而是为了将来的你，有更多的机会更大的能力，走一条更好的路，选择更好的旅伴。

　　人生不是竞赛，不是超过了别人就是成功。人生没有起跑线，只有出发点。二〇一五即将成为往事。明天，新年的阳光一定会如常照耀。妈妈希望你一生健康快乐，常有知己相伴，生活中永远充满阳光。

　　新年快乐！

学会放松

这几天 妈妈比较忙,周末加班,下星期又要出差。要两周以后才能再看到你了!在此,妈妈想对你说几句话。

每个周日,通常你在午餐之后洗澡理衣服,接着去上补习班,下课后就直接回校。上周日午餐过后,你累得不想洗澡,就在沙发上睡着了。妈妈问,要不下午的补习课就不上了?你想了想,还是坚持去了。这几天放高考假,你一人在家,怕自己太懒散,就天天去图书馆做功课。妈妈看到一个努力的少年,真是欣慰!

明年此时,你就要高考了。举国上下,几乎都会关注高考,仿佛仅此一考,决定一生。其实,最累最不容易的,还是中考,那时的你更年少,也没有机会复读重考。你顺利通过中考,妈妈相信你,一定也会同样顺利通过高考。妈妈想对你说的是,无论你的功课怎样,都要记得学会一个本事,那就是时刻感受幸福和平静的能力。

人生犹如一本无字书,现在的你,才翻了没几页。越往后,越能体会到这本书的沉重。其实每个人都在负重前行,就像在大海中游泳一样。你得学会换气,才能游得更远。而生活中那点点滴滴的宁静快乐的感觉,就是你心灵的氧气,是你在俗世的浊浪里,换气的机会。天际晚霞,路边小花,美味棒冰,精彩电影,疯狂游戏,开心聚会……都让你放松而释放,最终获得平静和安详,你才能沉下心来,继续努力。这也是为什么家里从来不限制你上网,不限制你玩手机看电视的原因。妈妈坚信,有自制力的你以后进了大学,走上社会,心里也自有一种约束,一定会好好利用自己的时间,合理安排,让自己站得更高,飞得更远。

　　你在同学中间并不出色,这给你更多的谦虚和沉着。人生很长,并不是进了大学就是终点。相反,那只是一个开始。你不势利不虚假,诚实正直,积极努力,有很强的独立能力,以及可贵的赤子之心。这个世界正张开怀抱等着你呢!

桂花不大 香自满城

一

新学期

报到的第一天。昨日的大雨，让校园里处处充满了清新的空气，湿润而芬芳。妈妈和其他家长一样，帮忙把衣物书籍搬到宿舍之后，就离开了学校，因为你也急着到教室里，看望几周不见的同学。

儿子，好春正来。妈妈对你的期望，除了健康，还是健康。妈妈要求你时刻关注自己的身体，在努力学习的同时，一定要保持营养均衡，还要有充足的睡眠。人生之路很长，悠着点！

妈妈更要求你，无论荣誉还是批评，都要保持一颗宠辱不惊的心。不经历磨难，无以成大器。不以分数论高低，不以名次排英雄。淡定从容，坚持不懈，方得始终！

最后，妈妈希望你常常提醒自己，能积微者速成。一个学生的修养，一个男人的气度，都是在平时的点点滴滴中积累起来，而不是靠临时抱佛脚的。现在的你，纯朴沉着，妈妈相信，不久之后的你，一定终将长成一棵参天大树！

二

儿子

你读高二啦！昨天，妈妈和你一起理发修脚，母子俩从头到脚焕然一新，今天各自上班上学。

现在的高二，相当于从前的高三，甚至比高三还累。因为十月中旬就是第一次学考，考的还是你最不擅长的政治和历史。如果没有考好，那么不仅要学习另外七门功课，明年四月份还要再补考一次。压力山大哎！

所以妈妈对你新学期的要求，还是和以前一样，健康第一！首先是身体健康，你要是病倒了，再努力都是空纸一张。吃好睡好，适当运动。每节课间都要走出教室，活动一下四肢，放松眼睛。记得提高效率，抓紧白天的时间，而不是起早贪黑死读书。

其次是心理健康。用不着和别人攀比。日子是自己过的，如人饮水，冷暖自知。快乐与否只在于你自己的感觉，而不是别人的眼光。人生不是竞赛，而是一段旅途。往上走不是为了让别人仰望，是为了给自己更高的台阶，更远的视角，有更多的空间选择更好的旅伴。

儿子，你的精彩生活即将开始。妈妈目送着你走上锦绣前程。身心健康就是你坚实的双脚，伴你越走越远，越走越宽广！但是无论你走到哪里，儿子，爸爸妈妈都在你出发的起点，为你点灯守候。

三

今天是报到的日子，新学期开始啦！妈妈还在医院里，不能亲眼看着你走进校园。但是妈妈相信，早春二月的暖阳，就如同妈妈的目光，将会送你一路前行。

儿子，我们不止一次地讨论过为什么要努力学习。妈妈想举个例子：从家到学校，刚好十公里。如果你足够有钱，可以花钱雇个司机开车送你，也可以打车，或让爸爸开车。你还可以环保地坐公交，骑自行车，如果你喜欢运动，还可以滑滑板，跑步过去。要是你喜欢那阳光灿烂的感觉，也可以和好友相约了散步过去……儿子，妈妈举的这些例子，是想告诉你，你所拥有的物力、体力，技能越多，你的选择就越宽广，而这些综合起来，就是你的能力。同样的，你好好学习，就是为了自己可以达到更高的台阶，从而有更广阔，更自由的选择权利。人生的最高境界，就是随时能够自由选择，随时说不吧！

但是儿子，越自由，其实意味着更高的自律。当没有父母监督，没有老师要求，没有考试排名，当工作了以后，没有打卡签到，没有业绩考核的时候，还是保持着清晰的目标，并几十年如一日地为之努力的人，才有资格享受真正的自由。所以家里从来不限制上网时间，电脑没有密码，你可以随时上网玩游戏，也能在任何时候在电脑上查资料，做你喜欢的事情。妈妈相信，自控能力不是一下子就长出来的，它就在你的心里，随着你的长大而越强健。

新学期又开始了，你又要面临高考，还要对付各式各样的考试，十分辛苦。儿子，妈妈希望你用功的同时，也要积极运动，保持身心健康。高考只是一个过程，考上一个好大学是这个阶段成功的一小部分。但是如果能把一件最喜欢做的事情，变成一个能轻松养活自己的职业，这才是一生最大的成就。妈妈相信，你一定会成功！

四

九月一日,一般学校正式上学的日子。但是儿子,你早已在校复习十天了。高三正式拉开帷幕。两年前刚进校的欣喜和好奇还在眼前,而明年,你就毕业了。

高三是辛苦的,但是值得你在很多年以后还津津乐道的,就是这份全力以赴的投入。一个人的愉悦感分成两种。一种是体验式的开心,也就是人们常说的活在当下,充分享受每一刻。另一种是经验式的快乐,即回顾过去所产生的满足感。每一个人都希望过上轻松舒坦的日子,然而真正让人产生最大成就感的,往往是当年苦不堪言的奋斗时刻。这是个辩证的思维,既不能一味贪求安逸而不思上进,那会让你以后的日子失去提升的可能性;也不能只想着"吃得苦中苦",以后才能成为"人上人"。人生短暂而脆弱,该享受时还是得享受。因此今天,在这个形式上开学的第一天,妈妈想送你三句话。

首先是保持身心健康。唯有精力充沛,心平气和,才能在近一年的紧张学习中坚持到最后。所以妈妈要求你多吃早睡,课间起来活动一下,傍晚有时间,最好能打球二十几分钟,出汗排毒。

其次,记得十名效应。很多年以后,班级里过得最开心最滋润的,往往不是当年考试成绩数一数二的同学,而是在十名前后徘徊的人。这是有道理的。他们有智商,成绩不差。但他们更有情商。合理安排时间,把资源优势最大化,培养专注力,自

273

制力，以及持久力。更重要的，是他们不死记硬背，懂得质疑，不以教材或老师为权威。并且允许自己犯错，允许自己在某些方面扣点分。他们知道强中更有强中手，知道自己的位置。这就是高情商，这就是他们最终能走得更高更远的理由。

最后，妈妈想说，不要随意埋怨。读书没读好，埋怨教育制度太死板。工作没做好，埋怨同事不帮忙。职务没有升，埋怨上司不长眼。家庭不和睦，埋怨对方不理解。把所有的错归于别人，是最容易安慰自己的方法，也是懦夫的行为。路是靠自己的双腿走出来的，而你，儿子，是妈妈眼里最强的男子汉！

五

明天你就开学了。高三的最后一个假期，也是中学时代的最后三个月。日子过得真快，白云苍狗，现在正好是狗年。今天妈妈想和你聊聊狗和学习的事。

呵呵，听起来是不是很奇怪，狗与学习，风马牛不相及啊！但仔细想想，还是有类似之处的。

狗在世人眼里，总有两种不同的评价：忠诚与奴相。盛赞狗狗忠义侠胆的，称之为忠犬、义犬，而鄙视狗狗摇尾乞怜的，则取名为走狗、狗腿子。同样的狗，在不同的人眼里，有了截然不同的定义。

学习也一样。很多人只要提起读书，仿佛中国的教育就是死板。网上充满了各种讽刺调侃：陪孩子写作业的家长之苦，学生之累。现在假期快结束了，作业没有做完又成了一大热议话题。但其实，又有多少有识之士，称赞这样的教育是夯实了基础，发达国家很多教育机构也正参考着中国的教育方式。同样的模式，在不同的人眼里，也是完全不同的评价。

所以儿子，一个人不可能，也不必讨好每一方面，做好你觉得正确的事就可以了。狗是奴是忠，要看主人。学习是死读书还是打基础，要凭借你自己的判断。三年前你中考的时候，妈妈就说过，考试是为了你自己，试试有多少实力，体验临场的心态，看看三年的收获。不是为了别人眼中你考到哪一所学校，不是为了自己面子上有没有光彩。

如今又一个三年过去了，现在的你更成熟更稳重也更睿智，当然更明白，读书的意义，不在于功利心，不在于有没有用。四月选考六月高考，短短百来天的时间，你看得到自己的目标，正努力朝这个方向前进，知道自己要补哪些地方，哪些科目要多练哪些可以放松，而不是跟着老师盲目瞎背，埋头题海。那么你的眼界是开阔的，你的心胸是宽广的，而挑灯夜读，只不过是一种历练，一种青春时期洒过汗流过泪的体验，一种人生的积累。世界上哪件事情的成功，不是汗水浇灌出来的呢？

放心大胆去拼搏吧，儿子。考得好，父母不会多爱你一分。考砸了，也不会少爱你一点。你永远是我们的骄傲。

快意人生

笔胆琴心

一

儿子，今天是你 14 周岁的生日。14 年前，一个 2.985 公斤重，48 厘米高的小人儿，在正午一点的阳光里，来到这个世界，带给爸爸妈妈意想不到的快乐和充实。如今的你，长成一个 60 公斤重，163 厘米高的小男子汉了。你软软的童音，早已只能飘荡在从前的梦里。仰望着高大结实的儿子，妈妈欣慰又感叹。

儿子，妈妈想让你知道，这个世界上，最重要的事，是身心的健康。你身体的强壮，心理的健全，是永远都要放在第一位的头等大事。人的一生，说到底，是孤独的。这一辈子，也许有很多可以一起欢笑，一起吃饭聊天的朋友，更可能还有几个同甘共苦的哥们。但是每当疾病来袭、病痛缠身时，哪怕是最爱你的父母家人，也只能在边上默默陪伴。

针扎进你的肉里，药抹在你的身上，所有的痛苦、难过，都只有自己的身体独自承受。当你心情不好时，纵然夜夜笙歌，曲终人散时，又有谁，能真正体会到你内心深处的不平、委屈和孤单？所以儿子呵，妈妈对你最大的期盼，是一直都能拥有强健的身体，保持快乐的心态。

儿子，你从小就知道自己长得不帅。为此妈妈很抱歉，那是因为爸爸不是帅哥，妈妈不是美女，而每个人，是无法选择自己父母的。但是你马上就要长成大人了。妈妈希望你明白，一个男子汉，除了五官的英俊身材的健美之外，更重要的，是他的内心。我们一起看过《美丽人生》这部电影。那个不高不帅，没有肌肉，满脸滑稽相的主角，却用他对妻对子，对生活满腔的热爱，用他的机智风趣，以至最后用他的生命，保护了一家。这样一个男人，即使他满头乱发，没钱没势，不是照样让所有看过电影的人，都爱上他吗？

所以妈妈在你很小的时候，就一直不停地告诉你，一个人要坚持做到的六个字：自信，自律和自立。妈妈要你做一个自信的人，因为你是这个世界上唯一的一个，是独一无二的。爸妈爱你，家人朋友老师同学都喜欢你，不仅仅是你的成绩好，会弹琴会打球。而是你在平时的行为中所表现出来的优良品质，你在日常生活中的智慧才能，你待人处事的真诚质朴。

妈妈很高兴，你从来不偷偷摸摸做些不该做的事。你做功课累了，就会大大方方地说玩一会儿再做，而不是自己悄悄地玩，别人进来了马上装着做功课。因为你知道，就算没有人发现，可是一个人自己做了亏心事，总有点心虚，时间长了，就会反映在神态中,有点鬼鬼祟祟,不那么光明正大。而让妈妈骄傲的是,从幼儿园起,所有的人对你的评价,都是堂堂正正,光明磊落。那是因为,你玩了一会儿后,能控制自己,再去完成你该做的事。这就是自律。

这个世界纷繁复杂,有太多的诱惑。妈妈相信你,能清楚地知道将来要做一个怎样的人,过怎样的生活,哪些事能做哪些不能做,这样才不会在这个花花世界里迷失了自己。现在生糖尿病的人很多,他们都不能吃糖。可是这个世界不会因此而关了所有的糖店,不再制作甜味食品。病人只能靠自律,控制食欲来保护自己。其实很多事都是两个字:控制。技工控制工具,经理控制团队,老师控制学生,作家控制文字,画家控制笔墨,舞蹈家控制身体,钢琴家控制手指,歌唱家控制声音⋯⋯每一个宁静美丽的夜晚,有的人在灯红酒绿,有的人在埋头苦干,这些都是对自己欲望的控制,也就是自律的结果,而最终,总是天道酬勤!

妈妈还要求你能够自立。你首先是一个人,其次才是一位学生。因而一个人在生存中必须要做的事,你也一定要能做。妈妈很自豪,你从七岁起洗全家的碗,至今已有七年。每晚睡前还会用洗衣液浸泡浅色衣物,第二天洗得就比较干净了。除了炒菜,别的所有家务都能做得像模像样。儿子呵,这不是妈妈忍心虐待你。父母再爱你,也有离去的一天。而爸爸妈妈相信,我们能给你的最深的爱,是当你没有了这些爱时,会活得更好。很多很多年以后,妈妈可以想象你衣冠楚楚,气宇轩昂地从干净整洁的家里出门。而爸妈那时,已经成了你不经意间抬头可以看到的,天上那一片小小的云。

儿子，今天，你十四周岁了。飞扬的青春就在前边不远处等着你，而最美丽的爱情，也必定就在那街角悄然绽放。不必紧张所谓的早恋，这是人生最美好的年华，最纯净的心灵，也是以后漫漫人生路上，最美的回忆。喜欢并不就是爱情。妈妈一直认为，班里二十几个女同学，要是一个也没有你喜欢的，那是你眼光太高。相反，如果没有一个女孩子喜欢你，那只能说是你的失败。好东西总是人人都想要的，一只 iPhone 手机新款首发，人家都要半夜三更去排队。一个阳光活泼的男孩子，哪个少女不动心！

　　儿子，你的眼光，是随着你自身的提高而提高的，你的魅力，也是随着你自己的能量强大而强大的。科学课上讲万有引力，质量越大的物质，引力越强。人也是一样的。只有自己不断进步，积聚能量，才能吸引更多、更高层次的人。而你现在，正是充实自己的好时光。球场上，一记凌厉的扣杀让众人欢呼；琴房里，一串美妙的音符令人驻足聆听；舞台上，一个曼妙的身姿让人叹为观止……所有的这些快乐，看上去来得很容易，却都是多年汗水的结晶。儿子，你要明白，那些没有经过努力，轻松得来的快乐，是短暂的本能欲望。要是一生都追求这样的快乐，那么你的生命，从质到量，都是低层次的。

　　有人说，一只蛋，要是从外面被打破，只能叫压力。要是从里面破出来，那才是生命！爸爸妈妈永远在这里，等着你破壳而出的那一天。

　　生日快乐！

两岁半

的时候，你看到路上一只花猫在爬树，就问为什么自己不会爬。妈妈回答："我们是人，要学了才能爬的。"你听了大大生气，高声说："我不是人，我是祺琪！"

四岁那年，一个春天的早上，你独自在小床上扭来扭去。妈妈问："宝贝，你醒了吗？"你立即闭上眼："我没醒。"你不小心弄破了手指，流了一点点血。在涕泪滂沱号啕大哭了一阵后，死活要到楼下去买红枣，并振振有词地说："红枣补血哎！"

五岁的冬天，妈妈在楼下做早餐。你醒来没有看到人，以为妈妈不在。赤脚大哭着从楼梯上奔下来。妈妈一看，赶紧用毯子抱住："宝贝，妈妈在给你做荷包蛋呢！"你抹着眼泪，疑惑了："荷包蛋？鸡蛋是鸡的蛋，乌龟蛋是乌龟的蛋，荷包蛋是谁的蛋呢？"

六岁的那个秋天傍晚，你从楼下玩了回来，问："西瓜虫喝水吗？我想给它喝水，可是没有水，就吐了一口口水给它喝，结果它淹死了！我的嘘嘘在小蚂蚁看来，是不是汪洋大海，而且还是热的？"

八岁的夏天，你胃口不好，一碗面吃了很久还没下肚。好不容易吃完了，你筷子一扔，长叹一口气："粒粒皆辛苦，吃面也辛苦！"

十二岁的暑假，你第一次独自跟着游学团到欧洲旅行。在去巴黎的路上，你发短信回来："我快到巴黎了，要不要给你带点兰蔻回来？"

去年，你读完庄子的梦蝶，随口说了一句："也许我的一生，只不过是谁的一场梦罢了。"

前几天的晚上，睡前和你开玩笑，说生个女儿多好，就是妈妈冬天的小棉袄了。你马上不服气："哼，女儿是冬天的小棉袄，儿子是夏天的小内裤！冬天可以不穿小棉袄，夏天，你敢不穿小内裤吗？！"

儿子啊，今天，是你十五周岁的生日。十五年来，你天真纯洁的语言，幽默睿智的思维，让中年的我们，真切地看到一片儿时的天空。感谢有你相伴，才让爸妈的生活如此丰富多彩，时时充满了童稚的乐趣。为了能让这些生活的点点滴滴保留得更久一点，妈妈在你四岁半时，设计了一张表格，一天一条，一周一页，将你每天大致的活动记录下来，做得好的地方贴上星星，不乖的时候也得扣。一颗星星五块钱，一周要是超过了十颗，就可以有相应的零花钱。要是不满十颗的话，只好没钱了。每天晚上临睡时，妈妈都问问你，并在这个表格上记下来。

你因此养成了时时回想、反思自己行为的好习惯。同时也学了一点理财，知道一切都要靠自己去努力。日积月累，渐渐地，每年一本，现在已经有十大本啦！里面有你上第一节钢琴课得来的星星，第一次画在餐巾纸上的连环画，第一次写给妈妈的信，还有历年来获得的无数奖状和证书，当然也有你不乖打翻牛奶的记录，作业不认真时写的检讨……日子像流水一样无声淌过，你幼儿园毕业小学毕业，而明年，就要中学毕业了。日记的内容，也从每天的吃喝拉撒变成了记录一天中最开心和不开心的事。

十多年了，你从一个奶声奶气的宝贝，长成了一个英姿勃发的少年。你的成长，印证着爸妈的衰老。可是儿子，爸妈是多么高兴有你相伴着渐渐老去。这些日记从初中一年级开始，就不再是妈妈代笔，而是你自己写的。都说岁月无痕，这些看起来很无聊很琐碎的日常小事，就是我们一起留下来的，你最初的足印，也是爸妈和你共同生活的痕迹。

今天，是你十五岁的生日，儿子。等你长大，再不要妈妈喊你起床，再不用小星星来鼓励你，等你也有了孩子的时候，这些最早的日记呵，会成为你带给爸妈最好的礼物。那是父母和你一起长大的见证，也是我们青春岁月的最好回忆。

儿子，生日快乐！

三

今天，是你的生日，儿子。妈妈在这满城的桂子浓香里，祝你生日快乐！

十六年前的那个中午，你诞生在新加坡一个小小的产房里。窗外正午的阳光照着你毛茸茸的小脸，而今一晃眼，你已经长成一个小男子汉了！飞扬的青春就在你面前如花般盛开，那将会是你最好的时光。

当你还是一个不会走路的小婴儿时，大家总说，会走路就好了。可是等到淘气的你满房间乱跑时，妈妈也曾叹息过，等你长大点，该不会这么调皮得不顾危险了吧？终于，你上学了。面对着比螃蟹还难看的字迹时，你是不是也开始怀念那不用读书的幼儿园时光？再后来，你读初中了，看着满桌的书本，又仿佛觉得，小学时代真好，还能天天早睡。如今，你住校上高中了，每次上学，你都临别依依，还想赖在家里。

儿子，你就是这样一点一点长大，每天都觉得，最好的时光，不是在从前，就是在今后。但是儿子呵，妈妈希望你懂得，真正的好时光，就是现在，就是眼下你过的每一天。人生不同的每个时期，都各有优势和缺陷。年少时盼望长大可以自立，中年时希望老了可以悠闲，退休后又怀念青春的激情。过去的日子再美好，也只能闪烁在回忆里。将来的日子再值得，也只能是满心的盼望。唯有今天，唯有现在，才是可以握在手里，能够自己安排和实施的。

今天是你的生日，儿子。你已经长大，明白凡事都有两面，没有绝对的对错与好坏，适合别人的方法不一定能用在你身上。世界很大，你也会越走越远，越飞越高。妈妈深信你能找到一条自己最喜欢的路，走出一片灿烂的前景。而无论你到了哪里，都是爸妈的永远骄傲，是我们最深爱的儿子。

生日快乐！

四

明天你要参加第一次学考，高考的号角已经吹响啦！而后天，则是你的十七周岁生日。妈妈相信，这是上天在冥冥之中给你的最好安排，在一年最美的收获季节里，你将取得第一份满意的高考成绩，来作为你的生日礼物。

儿子，你上学整整十个年头了，可以说，接受教育的过程已经走了大半。妈妈想对你说，读书不是为了能记住多少化学反应，不是为了能朗朗上口地背诵唐诗元曲，不是为了能快速准确地计算数学方程式。这些都是教育的表象，是一种皮毛。现在这个世界，没有什么知识是不能从网络上找到答案的，没有什么计算可以快得过电脑。教育，是给你一双智慧的眼睛，看到别人不能看到的本质。是给你一双灵敏的耳朵，听到常人不能听到的声音。是给你一双善于利用工具的巧手，随时游刃有余地解决问题。是给你一个习惯分析和思考的大脑，能从容不迫地面对生活中的各种困扰。儿子啊，最终的教育，是为了给你一颗正直高尚的心灵，能时时从凡间的尘埃里，看到光明，得到宁静。

　　你在读幼儿园大班的那个早春，路边看到一位染着艳黄色头发，戴耳钉，穿着花衣花裤花鞋，走路全身摇摆的大哥哥。你忍不住对我说，妈妈，这个哥哥一定是没有自信，所以才穿得像只公鸡，好让人家看到他。儿子呵，在你说这些话的时候，甚至都还不会写字！但是你自小耳濡目染，知道一个有内涵的男人应当会有怎样的外表。

　　今年夏天，全家一起去了英伦半岛游玩。那个黄昏，在爱丁堡皇家一英里大道上，我们欣赏了吹拉弹唱、魔术杂技等各种街头艺人的表演。一位花白头发胖胖的老伯，坐在街角用吉他弹奏一支古老的爱尔兰民谣。和喷火、摇滚之类的表演相比，那有着淡淡忧郁的旋律是多么地不起眼，围观者都稀少得可怜。可是你却惊为天人，因为你听到他用一把吉他，弹出了两个声部的伴奏。儿子，你已经好久没有练琴了，估计连音阶都会弹得七高八低，更不要说才学了没几次的吉他。可是十年琴龄，已经给了你一双音乐的耳朵，能听到别人听不到的声部，能分辨什么是美，什么是哗众取宠。这就是教育的本质。

儿子，后天你就整整十七岁了。十月，是一年之中最优美，最具诗意的季节。而你，也长成了一个正直善良，沉着稳重，有着良好鉴赏能力的青年。你读过的书，走过的路，你装过的车，玩过的枪，你打过的球，弹过的琴，你洗过的碗，烧过的菜，都积累在你的呼吸里，在你的心跳中。桂花不大，香自满城。妈妈坚信，你一定会以自己的能力，收获到最满意的生日礼物！

　　儿子，生日快乐！

五

今天 你满十八周岁了,儿子!妈妈心里真是感慨万千啊!你牙牙学语的童音还在轻轻回响,你蹒跚学步的样子还历历在目,你软软身体的触觉还犹有余温。而今,你已经是一个气宇轩昂的男子汉了!

十八年来,妈妈无时无刻不在感激你的出现所带来的充实和满足。你纯真的双眼,是寒夜里闪烁的星星;你快乐的嬉笑是洒满每个角落的阳光;而你质朴无华的语言,是喧嚣的尘世间最美的天籁。都说父母养育之恩难报,妈妈却十分享受陪你长大的日子,那是我最好的年华,有最可爱的小天使温情依恋,是我一生中最幸福的时光。

今天,你十八岁了。爸爸送你一支钢笔。网络时代似乎没有人用笔了,更何况是要用墨水的钢笔。但是儿子,我们终此一生,就是为了在这个世界上留下自己存在过的痕迹。人类从用刀斧、毛笔,到钢笔、铅笔以及现在的电子文件,为的是倾诉,为的是记录,为的是找到与自己相通的灵魂。阅读别人留下的痕迹,敢于刻写自己的痕迹。等你老至耄耋,看到这支笔,你才会真正了解,当年父亲祝福的笔力胆气,让你的人生如何丰富而充实。同时,你的生命,在某种程度上也得到了延展。

　　今天，你十八岁了。妈妈送你一个小小的音响。虽然不值多少钱，虽然在你繁忙的高三生活中似乎是可有可无的东西。但是妈妈要你明白，生命的质量，其实就体现在那些看起来无用的事物上。妈妈相信，音乐是你人生中最初的也是最好的礼物。你四岁半开始学钢琴，一直到十五岁。十年光阴，每天都有一个多小时，妈妈坐在你身边，听着那琴声从稚嫩到强劲。这是你的童年我的壮年里，我们俩共同的回忆。妈妈希望，无论将来遇到什么样的坎坷，只要你静下来，从前弹过的曲子就会如一泓清泉在你心底流动，就会想起曾经的你，是如何地被父母深深爱过。就会知道，一颗琴心，可以带给你怎样的诗意人生。

　　今天，你十八岁了。爸爸妈妈祝福你，笔胆琴心，快意人生，万里云霄待鹏程。呵，儿子，你长大了。从此以后，路的尽头是大海，你的人生，正是从现在正式开始。愿你以梦为帆，不负韶华。

悠悠长日

　　这本小集子，收录了近十年来的点点滴滴。家长里短，鸡毛蒜皮，道尽一个普通女人的平凡日子。可是这就是生活最本真的模样，光阴，就是在吃喝拉撒中不慌不忙地、永不回头地流逝的。而今年，我五十周岁了。半个世纪的悠悠长日里，感谢父母的养育之恩。他们是我生命的源泉，是我之所以成为我的缘由，他们是我的来处。

　　今年，认识先生二十七周年，我们相伴的时光，已超过生命的二分之一。因为他，才让每个琐碎的日子，时时充满了甜蜜。他是我的当下。

　　今年，儿子二十周岁了。这是我生命中最灿烂的阳光，承载着我的过去，指引着我的将来。

　　父母、先生以及儿子，组成一个完整的我，从何处来，会到哪里去。这是生命的延续，更是灵魂的承接。从这个意义上说，此书是家人合作的结晶。在我五十周岁生日之际，谨以此献给我亲爱的父母，祝他们身体健康，长日悠悠。